Ursel Scheffler

Lucy und die Vampire

Dieses Buch gehört:

Ursel Scheffler

Mit Bildern von
Betina Gotzen-Beek

Ravensburger Buchverlag

Bibliografische Information der Deutschen Nationalbibliothek

Die Deutsche Nationalbibliothek verzeichnet diese Publikation in der Deutschen Nationalbibliografie. Detaillierte bibliografische Daten sind im Internet über *http://dnb.d-nb.de* abrufbar.

FSC
Mix
Produktgruppe aus vorbildlich bewirtschafteten Wäldern und anderen kontrollierten Herkünften

Zert.-Nr. SGS-COC-001940
www.fsc.org
© 1996 Forest Stewardship Council

Das für dieses Buch verwendete FSC-zertifizierte Papier liefert Arctic Paper Mochenwangen GmbH

1 2 3 12 11 10

Erstmals erschienen im Loewe-Verlag
unter dem Titel „Lucy und die Vampire" (1991) und
„Lucy und Dr. Acula" (1992)

Umschlag und Innenillustrationen: Betina Gotzen-Beek

Printed in Germany

ISBN 978-3-473-36812-9

www.ravensburger.de

INHALT

Lucy und die Vampire

Ankunft im Nebel

Lucy und ihre Mutter sitzen in einem Eisenbahnabteil zweiter Klasse. Wie ganz gewöhnliche Passagiere. Lucy hat den Kopf in den schwarzen Umhang ihrer Mutter gelegt, der in der Fensterecke hängt. Sie schläft. Kein Wunder, dass sie müde ist. Sie haben eine sehr, sehr lange Reise hinter sich.

Es ist kalt draußen. Eisblumen überziehen die Fensterscheiben. Der Zug hält an einem Signalmast.

Lucys Mutter haucht ein Loch in die Eisschicht. Jetzt können sie die Bäume am Bahndamm sehen, die ihre knorrigen Äste blattlos gegen den bleigrauen Himmel recken. Da erklingt ein schriller Pfiff. Die altersschwache Lok fährt ruckartig an und schleppt ihre Wagen weiter ins schottische Hochland hinauf.

Nebel zieht auf. Gegen elf Uhr hält der Zug mit quietschenden Bremsen am Bahnhof von Little

Riddle am Griddle. Man kann das Bahnhofsschild kaum erkennen.

„Wir sind da, mein Kind!“, ruft Lucys Mutter.

Lucy schlüpft rasch in ihren dunklen Wollmantel. Die Mutter legt den schwarzen Umhang um und stellt den Kragen hoch. Dann holt sie den Koffer und die Reisetasche aus dem Gepäcknetz. Lucy nimmt ihr kleines rotes Köfferchen und einen Vogelkäfig, der mit einer dicken Decke verhängt ist.

Es steigen nur wenige Leute aus.

„Kann ich Ihnen helfen?“, fragt ein freundlicher Mann und greift hilfsbereit nach Koffer und Tasche.

„Oh, danke“, sagt Lucys Mutter. „Wir sind fremd hier. Und dann dieser Nebel! Kennen Sie sich ein bisschen aus?“

„Das kann man wohl sagen“, antwortet der Mann stolz. „Ich bin Stamp, der Postbote, und kenne alles und jeden in Little Riddle am Griddle.“

„Ich heiße Fanny Rankenstein, und das ist meine Tochter Lucy. Wir möchten als Erstes zum Gasthof ‚Fledermaus‘. Vielleicht könnten Sie uns den Weg zeigen?“

„Klar, die ‚Fledermaus' gehört meinem Freund Old Bat. Eine nette Kneipe. Mein Stammlokal. Liegt gleich neben der Post."

„Ich dachte, es ist ein Hotel? Wir haben ein Zimmer bestellt", sagt Fanny unsicher.

Der Postbote schmunzelt und sagt: „Dann haben Sie praktisch das ganze Hotel reserviert. Die haben nämlich bloß ein Zimmer. Werden Sie länger bleiben?"

„Das kommt darauf an. Vielleicht für immer", antwortet Fanny Rankenstein. Sie zieht ein Telegramm aus der Reisetasche. „Wir sind die Erben von Frank N. Stone. Kannten Sie ihn?"

„Ooooh“, sagt der Postbote erschrocken. „Mein herzliches Beileid!“ Und dann hat er es plötzlich sehr eilig.

„Dort ist schon die ‚Fledermaus‘“, murmelt er noch und verschwindet so unerwartet, wie er aufgetaucht ist.

Das seltsame Erbe

Nachdem Lucy und Fanny Rankenstein das kalte, ungemütliche Hotelzimmer bezogen haben, machen sie sich auf den Weg zum Rathaus.

Der Bürgermeister erwartet sie schon. Postbote Stamp hat offenbar nicht nur die Post, sondern auch die Nachricht von der Ankunft der Rankensteins ausgetragen.

Bürgermeister McRony (sprich: Makroni) studiert aufmerksam die Visitenkarte, die ihm Fanny Rankenstein zwischen ihren spitzen, rot lackierten Fingernägeln vor die Nase hält.

„So, so. Sie sind also die Cousine des Verstorbenen Frank N. Stone?“

„So ist es“, sagt Fanny Rankenstein. „Und das ist meine Tochter Lucy.“

„Ein trauriger Anlass, der Sie hierherführt“, sagt der Bürgermeister. „Zumal wir nicht wissen, wie und wo genau der Verblichene seinem Leben ein Ende gesetzt hat. Wir haben nur seine Schuhe gefunden – am Rande des Teufelsmoores. Und seinen Regenschirm. Sein Testament kam per Post.“

„Heißt das, dass er kein Grab hat? Keinen Sarg?“, erkundigt sich Fanny bestürzt.

„So ist es“, entgegnet McRony.

„Oh, das wusste ich nicht“, murmelt Fanny Rankenstein, und es klingt ein wenig besorgt.

„Nun, mit den Gräbern ist das so eine Sache. Manchen Leuten liegt daran und anderen weniger“, sagt der Bürgermeister.

„In unserer Familie legt man auf eine ordentliche Bestattung großen Wert“, erklärt Fanny energisch.

„Ein Sarg muss bequem sein. Der ist doch für immer“, bemerkt Lucy. Fanny zieht die linke

Augenbraue hoch und wirft ihrer Tochter einen überraschten Blick zu.

Der Bürgermeister ist in Gedanken noch bei dem rätselhaften Todesfall und hat die seltsame Bemerkung glücklicherweise nicht gehört. „Wie sollten wir ihn denn beerdigen? Wahrscheinlich liegt er auf dem Grunde des Moores, wie viele Unglückliche aus dieser Gegend. Auf der Bank am Galgenbaum saß er oft. Er liebte die Natur. Vor allem nachts. Er pflegte die Fledermäuse im alten Turm wie andere Leute ihre Brieftauben. Deshalb hat er auch in seinem Testament bestimmt, dass Sie sein Landhaus nur erben, wenn Sie sich um diese Tiere besonders gut kümmern."

„Das tun wir gerne!", ruft Lucy begeistert. „Ich mag Fledermäuse!"

Der Bürgermeister blickt verwundert auf das etwa zehnjährige Mädchen, das er bisher gar nicht beachtet hat. Dann steht er auf und streicht über seinen rundlichen Bauch, den er seiner Vorliebe für italienische Teigwaren verdankt, und tritt ans Fenster.

„Sehen Sie das Haus mit dem Turm neben der

dunklen Eichengruppe auf dem Hügel? Das ist Rickety Hill Hall, Ihr Erbe!“

„Sieht sehr eindrucksvoll aus. Wenigstens aus der Ferne“, findet Fanny. „Fast wie ein kleines Schloss.“

„Ein Schloss? Das war es einmal. Vor hundert Jahren, als man die Lords von Ness zu den reichsten und angesehensten Familien der Gegend zählte. Jetzt sieht der Kasten erbärmlich aus“, knurrt McRony verächtlich. „Sie werden viel renovieren müssen, um überhaupt darin wohnen zu können. Der neunte Lord Ness hat es ziemlich verkommen lassen. Er hatte nur seine Forschungsarbeit im Kopf.“

„Die Landschaft gefällt mir“, sagt Fanny. „Sie erinnert mich an zu Hause. Ich denke, wir werden bleiben.“

„Sie sollten sich erst entscheiden, wenn Sie alles gesehen haben. Außerdem gibt es noch einige kleine Bedingungen in diesem seltsamen Testament, die ich mit Ihnen durchsprechen muss.“ McRony zuckt bedauernd mit der Schulter und fügt hinzu: „Sie müssen das Erbe ja nicht antreten …“

Er blättert in dem Testament und verliest es Seite um Seite.

Lucy gähnt. Sie versteht nur die Hälfte. Dieser Onkel Frank hatte vielleicht Probleme! Er verlangt, dass Mama weder die Wäschekammer noch den Dachboden aufräumt, ja, dass sie die Wäschekammer noch nicht mal betritt und dass sie mit seinen Tomatensaft-Konserven sparsam umgeht.

„Und der alte Schrank in der Diele darf keinesfalls geöffnet oder gar verkauft werden“, verkündet der Bürgermeister zum Schluss.

Fanny hat aufmerksam zugehört. Sie ist mit all den schrulligen Nebenbedingungen einverstanden. Sehr zur Verwunderung von McRony.

„Ein seltsamer alter Kauz, mein Vetter Frank“, sagt sie, als sie unterschreibt. „Sie müssen wissen, dass wir uns zu Lebzeiten nie besonders gut verstanden haben. Er hat mich vor vielen Jahren durch einen Trick um mein großväterliches Erbe gebracht. So wundert es mich sehr, dass er mich überhaupt als Erbin eingesetzt hat.“

„Mr Stone hatte offenbar keine anderen Verwandten“, entgegnet der Bürgermeister. „Nachdem er vor dreiunddreißig Jahren nach Little Riddle am Griddle gekommen war, freundete er sich mit Lord Ness an, der eine Art Privatgelehrter war. Vor vielen Jahren, als ich noch zur Schule ging, durften wir einmal mit unserem Klassenlehrer die biologischen Sammlungen des Lords besichtigen. Schrecklich! Ausgestopfte Tiere, aufgepikste Schmetterlinge und eingelegte Würmer." Der Bürgermeister schüttelt sich angewidert. McRony ist Rosenzüchter und liebt das Helle und Schöne.

„Und wie wurde mein Vetter Schlossbesitzer?", erkundigt sich Fanny gespannt.

„Mr Stone kaufte seinem Freund das Schloss ab. Wenig später verstarb Lord Ness. Er litt an Blutarmut und war zum Schluss recht schwächlich. Nun ja, der gute Lord war der Neunte und Letzte aus seiner Familie ..."

„Hatte Onkel Frank keine Freunde?", will Lucy wissen.

„Er lebte sehr zurückgezogen und hatte selten Besuch. Mr Stone liebte die Einsamkeit. Und alles, was geheimnisvoll und schaurig war. Er hatte überhaupt sonderbare Gewohnheiten und benahm sich anders als andere Leute. Manche im Dorf sagten, dass er, äh, nun ja …"

„Sie meinen, dass er nicht ganz richtig im Kopf war?", hilft ihm Fanny weiter.

„Wenn Sie es so ausdrücken wollen", murmelt McRony verlegen.

„Das hat er von Opa Macula! Der war auch ein bisschen verrückt", ruft Lucy dazwischen.

„Pssst, Lucy!", zischt Fanny. „Lass Opa aus dem Spiel! Hier geht es um Onkel Frank!"

„Ich wollte nur, dass Sie wissen, was die Leute so reden, ehe Sie sich für das Erbe entscheiden", entschuldigt sich McRony und mustert Fanny über den Rand seiner Halbbrille hinweg.

Fanny nickt entschlossen. „Ich denke schon, dass wir das Erbe annehmen. Aber erst möchten wir uns das alte Gemäuer gern ansehen!"

„Gut. Ich werde Sie persönlich nach Rickety Hill Hall bringen, damit Sie sich ein Urteil bilden können."

Wenig später stehen Fanny und Lucy vor dem Herrenhaus. Es ist wirklich in einem erbärmlichen

Zustand. Der Regen tropft durch das Dach. Die Mauern sind rissig. Viele Fensterscheiben sind zerbrochen. Überall ist es feucht und die Tapeten lösen sich schon von den Wänden. Ein Paradies für Spinnen, Käfer und Kakerlaken. Der Keller ist feucht und voller Ratten.

Doch das alles scheint Fanny und Lucy Rankenstein nicht abzuschrecken. Als der Bürgermeister sie schließlich in den Turm führt, wo kopfüber am Dachgebälk die Fledermäuse hängen, ruft Lucy sogar entzückt: „Sind die nicht niedlich, Mama? Mausi wird sich freuen, wenn sie hier neue Freunde findet."

Verwirrt schaut der Bürgermeister von Lucy zu Fanny und von Fanny wieder zu Lucy.

„Wir sind sehr tierlieb", erklärt Fanny und lächelt freundlich. „In manchen Gegenden Europas sind diese nützlichen Tiere durch die Unvernunft der Menschen leider schon ausgestorben."

„Mag sein", murmelt McRony und verlässt rasch den Turm. Er spendet zwar für den Tierschutzverein, aber Fledermäuse sind nicht sein Fall.

Wartezeit

Nachdem sich Fanny und Lucy entschieden haben, das seltsame Erbe anzutreten, schmieden sie sogleich Pläne für den Wiederaufbau von Rickety Hill Hall. McRony empfiehlt ihnen zuverlässige Handwerker.

McBrick, der Maurer, Woodstock, der Schreiner, und Molly Flash, der Elektriker, gehen ihnen tatkräftig zur Hand. Kleinere Schönheitsreparaturen wie Malen und Tapetenkleben übernehmen Fanny und Lucy selbst.

Während der Bauarbeiten wohnen Fanny und Lucy bei Old Bat im Dorfgasthof. Dort lernen sie nach und nach die anderen Dorfbewohner kennen. Die Stammgäste der Kneipe erzählen ihnen allerlei über ihren verstorbenen Verwandten.

„Jaja, der verrückte Frank hat im Keller eine Druckerei gehabt und seltsame Schriften gedruckt“, sagt Jimmy Woodstock. „Ich weiß es, denn ich hab einmal ein großes Regal für ihn gezimmert.“

Molly Flash berichtet von einem Ziegenbock und einer schwarzen Katze mit glühenden Augen. Einige behaupten sogar, er habe einen Pakt mit dem Teufel geschlossen, und der hätte ihn schließlich auch geholt. Old Bat, der alte Wirt der Kneipe, meint, der Verstorbene müsse so etwas wie ein Zauberer gewesen sein, denn man habe ihn zu seinen Lebzeiten nachts mit ausgebreitetem Regenmantel um den Turm fliegen sehen.

„Ach, was die Leute alles reden, wenn einer anders ist als sie“, sagt Fanny leichthin und tut das Gerede der Leute als Schauermärchen ab, schon um Lucy nicht zu erschrecken. Aber die spitzt wissbegierig die Ohren und lässt sich keine Einzelheit entgehen. Sie mag Schauermärchen so gern wie andere Kinder Gummibärchen.

Am Abend erzählt Fanny ihrer Tochter, dass Onkel Frank schon immer gerne gedruckt hat und einmal sogar wegen eines Druckfehlers ins Gefängnis musste.

Sie erzählt Lucy allerdings nicht, dass es sich bei diesem Druckfehler um eine Null handelte, die er auf Falschgeldscheinen aus Versehen zu viel gedruckt hatte. Man soll schließlich über Tote nichts Schlechtes reden.

Aber bald hören die Leute auf, Fanny und Lucy Schauriges von Frank N. Stone zu erzählen – denn es ärgert Gruselgeschichtenerzähler unheimlich, wenn ihre Zuhörer keine Gänsehaut bekommen ...

Die neuen Freunde

Endlich ist es so weit: Rickety Hill Hall ist bewohnbar. Die Fenster sind verglast und die Türen abgedichtet, die Wände gestrichen oder mit Tapeten beklebt, und im Kamin prasselt ein gemütliches Feuer. So lässt es sich aushalten!

Die Leute von Little Riddle am Griddle beobachten zunächst neugierig, was die neuen Bewohner des alten Hauses so treiben. Aber zu ihrem Bedauern passiert nichts Ungewöhnliches, Unanständiges oder Aufregendes. Die Rankensteins scheinen ganz normale Leute zu sein. Ein wenig enttäuscht wenden sich die Little-Riddle-am-Griddler wieder ihren Alltagsgeschäften zu.

Nach den Ferien muss Lucy zur Schule. Die Humptydumpty-High-School von Little Riddle am Griddle liegt am anderen Ende des Ortes. Doch Lucy macht der weite Weg nichts aus. Sie freut sich, dass sie endlich andere Kinder treffen wird.

Äußerlich unterscheidet sich Lucy nicht von ihren Mitschülerinnen. Sie ist nicht außergewöhnlich hübsch, nicht außergewöhnlich groß, nicht außergewöhnlich klug und nicht außergewöhnlich vorlaut.

Aber sie hat ein zauberhaftes Lachen. Sie ist vergnügt und macht gern Unsinn. Deshalb ist sie bei ihren Mitschülerinnen bald beliebter als bei ihren Lehrern.

Einige ihrer Mitschüler findet sie ganz besonders nett.

Alf, den Sohn des Apothekers zum Beispiel, der eine bemerkenswerte Blutegelsammlung hat. Und Roxane, die Tochter des Postboten Stamp, die weiße Mäuse züchtet. Und Alice, die Tochter von McRony, die besser Grimassen schneiden kann als ein Clown. Mit ihnen vergeht auch die langweiligste Mathestunde wie im Flug.

Einmal, als sie nach dem Turnunterricht auf der Wiese hinter der Schule hocken, erzählen sie Lucy von ihren Streichen.

Alice verrät, dass sie ihren Vater, den Bürgermeister McRony, zu Hause „Makkaroni“ nennen, weil er so gerne Nudeln isst und dass er ihr einmal vier Wochen Hausarrest gegeben hat, als sie Seifenpulver in den Parmesankäse getan hat.

„Richtig geschäumt hat er!“, erinnert sich Alice kichernd.

Roxane schildert, wie sie einmal mit ihren weißen Mäusen die Freundinnen ihrer Mutter auf Tisch und Sofa getrieben hat.

Alf berichtet anschaulich von seinen Blutegeln, mit denen er gerne furchtsame Leute erschreckt, und dass er „Alf der Elfte“ genannt wird, weil er der Elfte in der Familie ist, der den schrecklichen Namen Alfons hat.

Und Lucy erzählt von Mausi, die sie von ihrer Heimat Transsilvanien im Vogelkäfig bis nach Little Riddle am Griddle geschleppt hat.

„Ich mag sie sehr. Und ich bin froh, dass sie jetzt überall in unserem Haus frei herumfliegen kann! Leider schläft sie tagsüber und wird nur nachts munter.“

„Genau wie mein Hamster Hamlet“, sagt Willi, der Sohn von McBrick.

„Mausi? Ist das nicht ein komischer Name für

einen Vogel?", fragt Alice. Da erklärt Lucy, dass Mausi eigentlich eine „Fledermausi" ist.

„Na ja. Nicht unbedingt mein Fall", meint Alice. „Aber immer noch besser als Blutegel."

Die lästige Spange

Eines Morgens im Mai kommt der Schulzahnarzt. Er heißt Dr. Acula und überprüft im Regierungsauftrag einmal im Jahr die Zähne der Schulkinder.

Nach eingehender Untersuchung stellt er fest, dass Lucy eine Zahnspange haben muss, genau wie Alf und Alice und viele andere Kinder der Humptydumpty-High-School von Little Riddle am Griddle.

Davon ist Lucy ganz und gar nicht begeistert. Als sie die Spange das erste Mal trägt, ist es, als ob sie das Sprechen neu lernen müsste. Sie lispelt und kommt sich ziemlich blöd vor. Aber den meisten ihrer Leidensgenossen geht es ähnlich.

Das größte Problem jedoch kommt erst in der Nacht.

„Maaamiii! Ich kann nicht schlafen!“, ruft Lucy. Sie ist aufgewacht, weil ihr Kiefer schmerzt. Die blöde Spange drückt und an den Druckstellen schmeckt sie Blut.

Warum kommt Fanny nicht?

„Huhuuu!“, heult Lucy los und läuft ins Badezimmer.

Sie nimmt die Spange heraus und sieht in den Spiegel. Da entdeckt sie in ihrem Mund am Oberkiefer zwei kleine weiße Höcker, die dort gar nicht hingehören. Deshalb drückt die Klammer und deshalb blutet das Zahnfleisch!

„Maaamiiiiiii!“, brüllt Lucy noch mal aus vollem Hals.

Endlich kommt Fanny schlaftrunken angetappt.

„Maaamiii, sieh doch nur, da wachsen Zähne!“, jammert Lucy. Aus ihrem Oberkiefer ragen jetzt deutlich sichtbar zwei spitze Eckzähne. Das Spiegelbild verschwimmt vor ihren Augen und auch das Spiegelbild der Mutter kann sie nicht mehr erkennen.

„Mir wird schwindelig!“, jammert Lucy und setzt sich auf den Rand der Badewanne. Fanny legt den Arm um ihre Tochter und setzt sich neben sie. Weil sie dabei verlegen lacht, sieht Lucy, dass auch die Mutter zwei spitze Eckzähne hat. Die hat sie noch nie an ihr bemerkt!

„Eines Tages musst du es erfahren, mein Kind!“, sagt Fanny ernst. „Allerdings bist du mit deinen zehn Jahren sehr früh dran mit dem Zahnen, ich meine, mit dieser besonderen Art von Zahnen …“ Sie zögert und fährt dann etwas verlegen fort: „Das ist nämlich so: Diese Zähne sind ein altes Familienerbstück, ähem … Ich weiß nicht genau, wie ich es am besten erklären soll. Einer in unserer Familie war einmal … Äh, wir stammen aus einem Land, in dem …“

„Sag bloß, wir sind Vampire?“, ruft Lucy aufgeregt.

„Aber woher weißt du das?“

„Aus dem Fernsehen. Ich lebe doch schließlich nicht hinterm Mond“, sagt Lucy großspurig. Auf einmal ist sie wieder ganz mutig. „Vampirfilme finde ich toll! Vampire auch! Bloß sollten Vampire keine Zahnspangen kriegen!“

„Da hast du Recht“, seufzt Fanny betrübt. „Ich dachte nur, durch die Spange würde diese kleine, klitzekleine Besonderheit vielleicht ein bisschen weniger auffallen.“

„Wenn wir schon etwas Besonderes haben,

warum sollen wir nicht stolz darauf sein?", entgegnet Lucy. Aufgeregt springt sie auf. „Mir war also gar nicht schwindelig! Der Grund dafür, dass ich unsere Spiegelbilder nicht mehr gesehen hab, ist, dass …"

„Genau", bestätigt Fanny. „Wenn wir vampirisch werden, haben wir einfach kein Spiegelbild mehr."

Lucy strahlt. „Sag mal, kann ich jetzt fliegen?"

„Zeitweise", sagt Fanny zögernd. „Im Lauf der Jahrhunderte haben wir unsere Eigenschaften etwas verändert. Wir gehören zu der gutmütigen Art der Halbvampire: Tagsüber sind wir ganz normale Menschen. Aber nachts …"

„Jipiiie!", jubelt Lucy begeistert und hört gar nicht mehr zu. „Fliegen! Ich will fliegen! Komm, lass es uns gleich probieren!"

„Langsam! Erst gibt es eine kleine Stärkung, Lucy!"

Fanny holt eine der Tomatensaftflaschen, die ihnen Onkel Frank vererbt und ans Vampirherz gelegt hat.

Lucy trinkt einen Schluck und fühlt sich seltsam leicht.

„Auf dein Wohl, lieber Vetter!“, sagt Fanny und prostet dem Ölbild von Frank N. Stone zu, das neben dem Schrank hängt.

„Hui, er hat geblinzelt!“, behauptet Lucy.

„Lucy, ich glaub, du hast einen Schluck zu viel

erwischt“, ruft Fanny und droht scherzhaft mit dem Finger.

In der Wand hinter dem Schrank beginnt es zu rumoren. Oder kommt das Geräusch aus der Wäschekammer daneben? Lucy bleibt überrascht stehen, aber sie kann nichts mehr hören. Ach was, das war sicher bloß die Aufregung. Schließlich wird sie jetzt gleich zum ersten Mal fliegen …

„Beim ersten Mal nehmen wir sicherheitshalber einen Besen“, schlägt Fanny vor. „Da hast du was zum Festhalten.“

„Aber wir sind doch keine Hexen!“, protestiert Lucy.

„Trotzdem. Sicher ist sicher. Dieser hier fliegt ganz passabel und schlingert nicht zu stark. Den hab ich schon ausprobiert.“

Wenig später stehen Lucy und ihre Mutter auf der Balkonbrüstung.

„Los, fliegen wir!“, jauchzt Lucy und breitet die Arme aus.

„Erst setzt du den Sturzhelm und die Schutzbrille auf und schnallst dich fest. Hier, nimm den

Gürtel. Gewisse Verkehrsregeln muss man auch als Vampir einhalten", ermahnt sie die Mutter.

Als die alte Standuhr in der Halle zwölf schlägt, sitzt Lucy vor ihrer Mutter auf dem Besen wie auf einem Mofa. Fanny breitet ihren schwarzen Umhang aus und stößt sich mit den Füßen von der Startrampe ab. Dann schweben die beiden nahezu geräuschlos in die Nacht hinaus.

„Juhu-huuuuu!", juchzt Lucy vor Vergnügen und es klingt wie der Ruf einer jungen Eule.

Die Lehrzeit

Von dieser Nacht an hat Fanny Rankenstein alle Hände voll zu tun, ihre Tochter zu einem ordentlichen Vampirmädchen auszubilden.

„Wir müssen uns vor allem unauffällig benehmen", mahnt Fanny nachdrücklich.

„Du meinst wohl, keinen beißen?", erkundigt sich Lucy, die schließlich nicht auf den Kopf gefallen ist.

„Genau. Sonst wird der Verdacht bei jedem Flohbiss, bei jedem Wespenstich, bei jeder rätselhaften Schwellung, jeder Blutvergiftung auf uns fallen. Alle Leute werden uns fürchten und hassen. Wir müssen dann fliehen und ruhelos durch die Welt ziehen, so wie wir es jahrhundertelang getan haben."

„Das wäre schade. Mir gefällt es hier. Warum sind die Menschen so gemein zu Vampiren?"

„Das haben wir einigen unserer Verwandten zu verdanken. Offen gesagt haben sie sich manchmal nicht gerade anständig benommen. Wenn ich an meinen Vetter Archibald denke, der Notarzt beim Roten Kreuz in Solferino war ..."

„Was war mit ihm?"

„Er hat immer von den Blutkonserven genascht und sich dabei erwischen lassen."

„Da können wir doch nichts dafür."

„Da wird nicht lange gefragt. Früher, im Mittelalter, wurden auch anständige Hexen verbrannt, oder Leute, die gar keine Hexen waren."

„Gemein. Hexen sind doch auch Menschen!"

„Nun, man machte sie einfach für alles Schlechte verantwortlich, weil sie anders waren als andere Leute. Das ist doch heute noch genauso: Wenn einer etwas Schlechtes getan hat oder im Gefängnis war, dann schaut man gleich die ganze Familie schief an. So sind die Leute nun mal."

„Und was machen Vampire, wenn sie nachts Durst bekommen und nicht beißen dürfen?"

„Dafür haben wir unsere Vorratsflaschen", sagt Fanny. „Sie stammen von Onkel Frank. Er hat noch einen ganzen Keller voll mit solchen Blutersatzkonserven."

„Onkel Frank war also auch …"

„Na klar", sagt die Mutter. „Onkel Frank, Opa Macula, Onkel Vampus, Tante Bissigunde: alles waschechte Halbvampire!"

„Frank N. Stone. Ach, jetzt klingelt's bei mir!", sagt Lucy. „Dann heißt er eigentlich Frankenstein, wie unser transsilvanischer Urahn. Der, der das tolle Labor mit schwarzen Kröten und weißen Ratten im Schlosskeller hatte, oder?"

Fanny nickt. Gewisse delikate Besonderheiten aus der Familiengeschichte weiß Lucy inzwischen. Das lässt sich nun mal nicht vermeiden. Schließlich ist sie ein aufgewecktes Mädchen.

„Und warum heißen wir Rankenstein?“, wundert sich Lucy.

„Eine hungrige Labormaus hatte das F aus der Geburtsurkunde deines Großvaters gebissen. Nun, ich hoffe jedenfalls, dass Onkel Frank nicht auch solche verrückten Experimente gemacht hat wie einige unserer Vorfahren …“

„Was für Experimente meinst du?“

„Ach – nicht so wichtig“, murmelt Fanny.

Lucy verwandelt sich gern

Lucy fühlt sich wohl in Little Riddle am Griddle. Sie hat sich fabelhaft eingewöhnt. Auch in der Schule. Nur eines hasst sie wie die Pest: die Schuluniform. Alle müssen die gleichen blauen Klamotten anziehen und dazu weiße Blusen mit dämlichen grün-blau gestreiften Krawatten. Jeden Tag.

Ist es da ein Wunder, dass sie sich immer gleich umzieht, sobald sie von der Schule nach Hause kommt?

Lucy hatte schon immer großen Spaß am Verkleiden. Aber jetzt besonders. Sie verwandelt sich in eine Gräfin, eine Hexe, eine Prinzessin, eine Tänzerin, ein Gespenst oder eine Blumenverkäuferin, ganz nach Lust und Laune. Manchmal ist sie auch ein wilder Bär oder ein heulender Wolf.

Die Kleiderkiste, die sie neben den

gegerbten Tierfellen in der Turmkammer gefunden hat, ist eine wahre Schatzkiste. So wirbelt jeden Tag eine andere Lucy durchs Haus.

Schade nur, dass keiner mit ihr spielt. Die Klassenkameraden wohnen alle viel zu weit weg. Nachts, wenn Lucy zahnt, geistert sie gerne draußen herum. Wie alle Vampirkinder braucht sie nicht viel Schlaf, denn mit ihren Zähnen wachsen auch ihre Kräfte. Ihr Lieblingsplatz ist der alte Burgturm mit seinen geheimnisvollen Kammern und Onkel Franks geliebten Fledermäusen. Kopfüber hängen sie an Deckenbalken und in Mauernischen. Lucy redet mit ihnen so selbstverständlich wie ein anderes Kind mit seinem Kanarienvogel. Sie kann sie alle unterscheiden. Schließlich hat jede ein anderes Gesicht.

Am liebsten mag sie natürlich Mausi, die sie manchmal auch liebevoll „Fledermausi“ nennt. Mausi ist sehr anhänglich. Sobald Lucy im Turm auftaucht, kommt Mausi angeflattert und hängt sich zärtlich an ihre Schulter.

Mit irgendjemandem muss Lucy ja schließlich reden, wenn Mama nicht da ist. Und Mama ist nachts oft unterwegs, um Besorgungen zu machen. Mausi ist für Lucy fast wie eine Schwester.

Manchmal gruselt sich Lucy ein bisschen, wenn sie allein ist.

Sind da nicht zwei Augen, die sie aus dem Dunkel der Nacht beobachten? Und flattert da nicht von Zeit zu Zeit ein großer Schatten ums Haus?

„Das bildest du dir nur ein“, sagt Fanny, wenn ihr Lucy am nächsten Morgen von ihren Beobachtungen erzählt. „Du hast viel zu viel Fantasie, mein Kind!“

Einmal, als ihre Mutter wieder auf einem ihrer nächtlichen Ausflüge ist, kann Lucy nicht schlafen. Es blitzt und donnert. Lucy stopft sich die Bettzipfel in die Ohren, weil sie bei dem Krach nicht schlafen kann.

Als der nächste Blitz aufzuckt, sieht sie ein bleiches Gesicht am Fenster. Eine Gänsehaut kriecht über ihren Rücken. Aber seltsamerweise fürchtet sie sich nicht.

Komisch, denkt Lucy. Irgendwie mag ich Gänsehaut.

Als sich Lucys elfter Geburtstag nähert, hat sie nur einen Wunsch: Sie will ein tolles Fest feiern und alle Freunde aus der Schule einladen. Die sollen ganz, ganz lange dableiben und möglichst alle bei ihr übernachten.

„Da gibt es nur ein klitzekleines Problem“, überlegt Fanny. „Wir beide dürfen nach Mitternacht unseren Mund nicht mehr aufmachen.“

„Wie soll ich denn da lachen?“, fragt Lucy. „Ich kann unmöglich den Mund zulassen, wenn Alice Faxen macht!“

„Dann muss ich deine Freunde eben vor Mitternacht nach Hause bringen“, sagt Fanny.

„Das ist doch bloß der halbe Spaß“, murmelt Lucy enttäuscht. Einen Moment lang sitzen sie schweigend da und grübeln.

„Ich hab eine Idee!“, ruft Lucy plötzlich. „Wir machen ein Kostümfest! Eine Vampirparty! Alle sollen sich als Vampire verkleiden, dann fallen wir beide nicht auf."

„Aber – die Zähne?", fragt Fanny.

„Ich hab bei Barney im Supermarkt ganz billige Plastikzähne gesehen. Die können wir gleich in der Einladung mitschicken, dann haben alle Vampirzähne und unsere echten wirken unecht."

„Keine schlechte Idee! Du bist ein kluges Kind, Lucyschatz."

Lucy beginnt sofort mit der Planung für ihr Fest.

Sie überlegt, wen sie einladen soll, wie sie den Tisch deckt, was gespielt werden soll und was es an tollen gruselig vampirischen Speisen und Getränken geben könnte.

Am Wochenende entwirft sie die Einladungskarte:

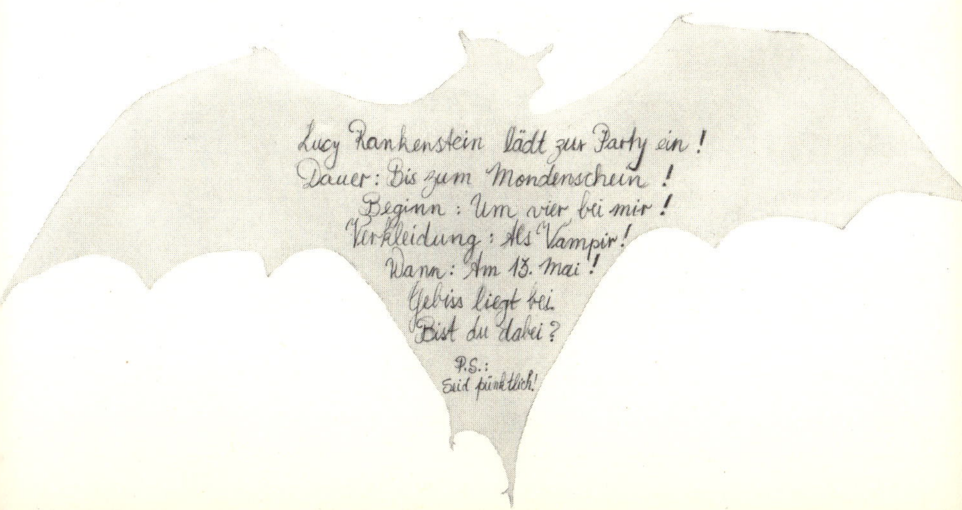

Lucy packt in jeden Briefumschlag ein Plastikgebiss aus Barneys Supermarkt. Sie muss jetzt noch lachen, wenn sie daran denkt, wie dumm Barney geguckt hat, als sie alle seine Plastikzähne haben wollte!

Und als sie ihm von ihrem Vampirfest erzählte, schüttelte er verständnislos den Kopf und murmelte: „Kinder, Kinder! Verrückte Idee! Ihr seht zu viele von diesen dusseligen Fernsehfilmen!“

Die Vampire kommen

Der 13. Mai ist da. Hurra! Eine wilde Horde stürmt den kleinen Hügel nach Rickety Hill Hall herauf. Alf, Ralf, Roxane, Alice, Willi und noch dreizehn weitere wilde vampirzahnige Wesen.

Lucy steht an der Haustür und wartet gespannt.

Schaurig schön sehen sie aus. So schaurig, dass selbst die Eulen und Fledermäuse erschrocken blinzeln, die normalerweise tagsüber kein Auge aufmachen.

„Toll seht ihr aus!“, ruft Lucy ihnen begeistert entgegen. „Es dauert noch ein wenig, bis das Essen fertig ist! Wollt ihr euch vorher ein bisschen in Rickety Hill Hall umsehen? In einem richtigen Vampirschloss? Oder fürchtet ihr euch?“

„Nö! Wir wollen uns gruseln!“, rufen alle. Auch die, die ein bisschen Angst haben.

„Es kann gar nicht schaurig genug sein“, behauptet Alf der Elfte.

„Vampire kennen keine Angst!“, prahlt Alice.

Lucy führt ihre Freunde in den Keller. Hinter einem Regal mit alten Einmachgläsern beginnt ein unterirdischer Gang. Er ist feucht und finster. Wasser tropft von der Decke. Spinnweben streichen über die Gesichter. Im Schein der Taschenlampen suchen sich die Kinder ihren Weg und gelangen schließlich in ein Gewölbe. Eine Tür mit Eisenbeschlägen und einem gewaltigen alten Schloss versperrt den Durchgang.

„Hier geht es zum Kerker, ganz unten im Turm", erklärt Lucy und kramt einen riesigen Schlüssel aus der Tasche. „Da wurden früher Gefangene eingeschlossen. Manche für den schrecklichen Rest ihres Lebens."

„Lass uns rasch weitergehen", murmelt Roxane und wickelt sich fester in ihre Jacke.

„Helft mir mal. Der Schlüssel lässt sich kaum im Schloss drehen", bittet Lucy.

„Die Tür ist total verrostet. Müsste mal geölt werden", brummt Alf und dreht mit aller Kraft den Schlüssel herum.

Quietschend öffnet sich die Tür.

„Igitt, was ist das denn?“, kreischt Alice erschrocken. Sie ist auf einmal ganz blass.

„Knochen“, sagt Alf der Elfte mit Grabesstimme und geht zügig weiter. Schweigsam folgen ihm die anderen. Doch plötzlich bleibt Alf stehen. In einer Nische steht eine geheimnisvolle Inschrift an der Wand.

Alf hält die flackernde Kerze in die Höhe. Willi funzelt mit der Taschenlampe.

Ein Windzug geht durch den Raum. Die Kerze erlischt. Alf versucht vergeblich, ein Streichholz anzureiben.

„Mach du mal. Ich hab feuchte Hände!“, sagt er zu Alice.

Alice gelingt es, die Kerze anzuzünden. Aber dadurch erhellt sich der Inhalt der rätselhaften Inschrift auch nicht:

„Drolmov? Ist das Russisch?“, fragt Roxane.

„Es geht um etwas Geiles für jemand namens Bred“, vermutet Willi.

„Oder um etwas, was ein Herr Smit mit zwei komischen Vornamen für einen Herrn Grednit aufgeschrieben hat?“, rätselt Alice.

Geheimschriftspezialisten sollten kopfstehen, um den Spruch zu entziffern. Andere kluge Leute erfahren die Lösung im Lauf der Geschichte. Wie heißt sie?

„Keine Ahnung.“ Lucy zuckt mit den Schultern. „Es gibt übrigens noch mehr rätselhafte Inschriften im Haus.“

„Los, wir wollen weiter“, drängt Roxane. Sie fröstelt.

Alle sind froh, als sie den Kerker hinter sich lassen und die Wendeltreppe im Turm hochgehen.

„Er heißt Fledermausturm“, erklärt Lucy, als sie in der Turmstube ankommen. Unnötigerweise. Denn da flattern auch schon einige von ihnen aufgeschreckt über ihre Köpfe. Die meisten hängen allerdings noch träge in den Ecken und an den Dachbalken, wie Tabakblätter, die zum Trocknen gebündelt sind.

„Huch!“, quiekt Willi erschrocken, als eine Fledermaus im Gleitflug über seinen Kopf zum Fenster hinaussegelt.

„Psst!“, flüstert Lucy. „Fledermäuse haben sehr empfindliche Ohren. Und wenn sie sich erschrecken und sich in euren Haaren festklammern, ist das nicht zum Lachen!“

„Ganz so schaurig habe ich mir deine Geburtstagsfeier dann doch nicht vorgestellt“, wispert Alice.

„Sind das wirklich Blutsauger?“, erkundigt sich Roxane.

„Ach was, das sind doch keine echten Vampirfledermäuse, das sieht man doch! Wenn sie aufwachen, haben sie bestimmt Hunger. Am besten füttern wir sie jetzt, damit sie nachher, wenn wir feiern, nicht zum Fressen zu uns ins Haus kommen“, erklärt Lucy und schüttet zwei Tüten „Draculix“, ein Spezial-Fledermausfutter, in eine Schüssel, die wie ein Totenkopf aussieht. „Sonst plündern sie am Ende noch unser Festbüfett!“

Mit leichter Gänsehaut verlassen die Plastikzahnvampire diesen schaurigen Ort. Aber es soll noch schlimmer kommen.

Eine grausige Entdeckung

Lucy geht mit ihren Gästen durch den nächtlichen Garten zum Haupteingang zurück. Blass hängt der Mond über dem Schloss, die Bäume werfen lange Schatten.

„Ein hübsches Gartenhaus“, sagt Alice, als sie an einem kleinen Steinhaus mit zwei Marmorsäulen vorbeikommen.

„Das ist die Familiengruft der Lords von Ness“, erläutert Lucy. „Wird aber seit Langem nicht mehr benutzt.“

Alice sagt eine Weile nichts mehr und läuft schneller.

Lauert da nicht ein Schatten hinter dem Steinbrunnen mit den drei leeren Schalen? Ein warmer Luftzug streift Lucys Gesicht.

Endlich erreichen die Kinder wieder das Wohnhaus mit seinen Lichtern, seiner Wärme und Geborgenheit.

Im Hausflur duftet es schon verlockend nach

dem „Satansbraten“, der sich über dem Küchenfeuer am Spieß dreht. Ein beliebtes Familiengeheimrezept.

Als die Kinder am alten Eichenschrank in der Diele vorbeikommen, bleibt Willi plötzlich wie angewurzelt stehen.

„Habt ihr das gehört?“, fragt er.

Jetzt hören es auch die anderen.

Ein leises Wimmern!

„Da stöhnt doch jemand. Es kommt aus dem Schrank!“, ruft Alf.

Aber der Schrank ist verschlossen.

„Hast du keinen Schlüssel?“, erkundigt sich Alf.

„Nein“, sagt Lucy. „Außerdem kommt das Wimmern nicht aus dem Schrank, sondern aus dem Raum dahinter. Das ist die alte Wäschekammer. Da dürfen wir nicht hinein. Onkel Frank hat es verboten.“

„Aber wenn einer um Hilfe ruft? Dann muss man helfen“, sagt Alice beherzt. „Da kann einer sagen, was er will!“

„Wir müssen erst den richtigen Schlüssel finden“, sagt Lucy und kramt im Schlüsselkasten.

„Das muss er sein!“, sagt Alice und steckt den Schlüssel ins Schloss. Das Wimmern verstummt, als sich die Tür knarrend öffnet.

„Da! Es kam aus der Ecke!“, ruft Alice aufgeregt.

Hinter einem vergilbten Laken erkennt man die Umrisse einer Gestalt.

Jetzt ist selbst Lucy ein wenig erschrocken.

„Ich seh nach“, sagt Alf großspurig und räumt einen umgefallenen Stuhl weg, der im Weg liegt.

„Ich auch“, ruft Robert und tappt hinter Alf durch den Staub. Gemeinsam ziehen sie das Laken weg.

„Hilfe!“, ruft Willi und starrt in die Ecke.

Alices Blick erstarrt ebenfalls. Sie streckt den Zeigefinger vor und flüstert entsetzt: „Iiiih! Seht doch bloß! Eine Leiche!“

„Das ist keine Leiche. Das ist bloß ein Skelett. An einer Leiche ist noch Fleisch dran“, stellt Lucy sachlich fest.

Roxane bewundert Lucy, weil sie bei dem Anblick des Knochenmannes so cool bleibt. Ein Windstoß schlägt die Tür zu und bringt das Skelett in Schwung. Seine Knochen klappern.

Willi reißt die Tür wieder auf. Alice und Roxane rennen hinaus. Schreiend wollen die anderen hinterherlaufen.

„Bleibt doch hier! Was kann er uns schon tun? Er ist doch mausetot!“, ruft Lucy.

„Lucy hat Recht“, sagt Alf. „Wir bleiben.“

Doch das entsetzte Geschrei von Roxane und Alice holt Fanny Rankenstein aus der Küche, wo sie gerade die Hexensoße für den Satansbraten pikant abgeschmeckt hat.

„Was ist denn hier los?“, ruft sie erschrocken. „Aber Lucy, du weißt doch, wir sollen nicht in die Wäschekammer …“

„Es hat jemand um Hilfe gerufen!“, erklärt Alf.

„Er hat um Hilfe gerufen!“ Lucy deutet auf den Knochenmann.

„Blödsinn!“, sagt Fanny, als sie das Skelett entdeckt. „Das Gerippe ist nicht echt. Die Knochen sind aus Kunststoff. So etwas benutzen Lehrer im Biologieunterricht oder Ärzte und Medizinstudenten. Daran kann man den Körperbau studieren und die Namen der Knochen lernen. Es gibt jede Menge von diesem alten Zeug hier im Haus. Ausgestopfte Vögel und solchen Kram. Lord Ness war ein Forscher und Sammler. Biologe, glaube ich."

Lucy fasst das Gerippe neugierig an und lässt die Knochenbeine klappern. Fühlen sich gar nicht wie Plastik an, findet sie. Ob Mama schwindelt?

Am Ringfinger der linken Hand, halb hinter einem Lakenzipfel versteckt, entdeckt sie einen Siegelring mit einem Wappen. Die Figur darauf sieht wie ein Drache aus. Seltsam. Irgendwo hat sie dieses Wappen schon gesehen. Ob es Onkel Franks Wappen ist? Ob das Gerippe am Ende Onkel Frank …

Lucy kriegt richtig Herzklopfen und beschließt, der Sache später allein nachzugehen, um die anderen nicht noch mehr zu erschrecken.

„Lasst uns rausgehen!", sagt Alice und schneidet eine ihrer berühmten Grimassen.

„Gute Idee", meint auch Roxane.

„Also, ich find's super hier", sagt Alf begeistert und schaut neugierig um eine Ecke der verwinkelten Wäschekammer herum.

Überall reihen sich die Regale mit Büchern und verstaubten Gläsern. In einer Mauernische steht ein Globus und daneben ein Mäusegerippe. Oder ist es eine Ratte? Alles ist mit Spinnweben überzogen. An der Wand hängen Landkarten, Bilder von Dinosauriern und Flugechsen.

„Das ist sicher ein Teil der Sammlung des alten Lord Ness“, bemerkt Fanny.

„Ziemlich verstaubt!“, findet Alice und pustet ein Staubwölkchen von der Regalkante.

„Tja, in der Wäschekammer wird nicht aufgeräumt, so stand es im Testament“, bedauert Fanny.

„So ist es viel schöner“, sagt Alf. „Hurra, hier gibt’s auch eingelegte Blutegel!“ Er zeigt begeistert auf eines der fein säuberlich beschrifteten Einmachgläser.

„Schenk ich dir“, sagt Fanny großzügig. Verschenken ist ja nicht Aufräumen. Sie sieht sich das Skelett genauer an. „An diesem Gerippe kann man übrigens ziemlich viel lernen.“

Fanny hat Medizin und Alchemie studiert und kennt sich nicht nur mit Blutadern, sondern auch mit Knochen gut aus.

„Wisst ihr zum Beispiel, wie viele Beine der Mensch hat?“

Die Kinder sehen sich fragend an.

„Babyleicht“, antwortet Alice gekränkt. „Denken Sie, wir können nicht bis zwei zählen?“

„Falsch geraten! Mehr, viel mehr!“, behauptet Fanny und lacht verschmitzt.

„Es sind über hundert. Da ist zum Beispiel das Nasenbein, das Wadenbein, das Schienbein, das Jochbein, das Stirnbein, das Schlüsselbein, das Brustbein …“

„Und das Steißbein“, ergänzt Jochen. „Das hab

ich mir vor vier Monaten gebrochen, als ich im Bad auf den nassen Kacheln ausgerutscht bin.“

„Das Eisbein!“, ruft Joe, der Sohn von Molly Flash.

„Das gibt es bloß bei Schweinen“, behauptet Alf.

„Bei uns gibt es das jeden Sonntag“, kontert Joe.

„Aber Elfenbein gibt’s nur bei Elefanten“, sagt Alice.

„Und das Hosenbein ist nicht aus Knochen“, ergänzt Willi.

„Und wer weiß, wo die Knochen in unserem Körper überall sind?“, fragt Fanny.

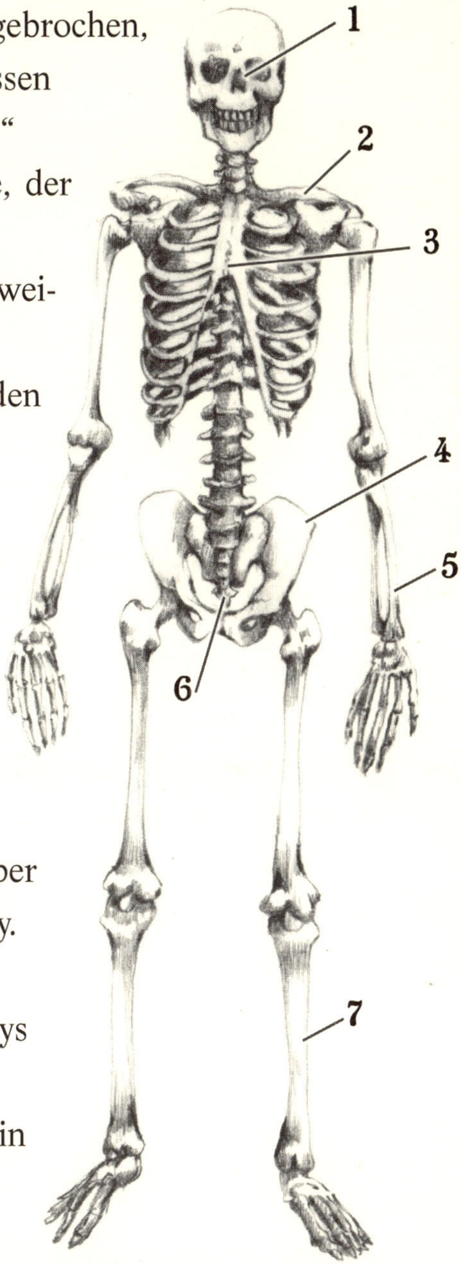

Nur mit Mühe finden Lucys Freunde heraus, wie die Knochen heißen und wohin sie gehören.

Welche Nummer haben

Schlüsselbein ....
Schienbein ....
Nasenbein ....?

„Jetzt hab ich aber vampirischen Hunger!“, ruft Willi.

Alf grinst und sagt: „Jetzt wollen wir Braten statt Knochenraten.“

„Und ich hab vampirischen Durst!“, gesteht Roxane.

„Na, dann kommt!“, ruft Fanny.

Alle stürmen zum Büfett.

Nur Lucy geht noch einmal heimlich zurück in die Wäschekammer. Der Gedanke an den Ring lässt sie nicht los. Sie bläst den Staub von der Knochenhand und entfernt das Schmuckstück. Als daraufhin das Gerippe mit einem leichten Ächzen in sich zusammenfällt, erschrickt sogar die unerschrockene Lucy. Auf dem Boden liegt nur noch ein Knochenhaufen.

Lucy flieht aus dem unheimlichen Raum.

Wohin mit dem Ring? Sie steckt ihn an den Mittelfinger. Er scheint zu schrumpfen, passt wie angegossen und Lucy fühlt sich plötzlich seltsam leicht. Fast schwebt sie durch die langen, dunklen Gänge hinüber in das große Kaminzimmer, wo das Geburtstagsbüfett aufgebaut ist. Die anderen erwarten sie schon.

Der heiße Tanz ums kalte Büfett

„Kann ich ein bisschen Tomatensuppe haben?“, fragt Alf.

Alice McRony hält sich an Spaghetti und Tomatensoße und hat schon einen blutroten Mund. Sie liebt Nudeln genauso leidenschaftlich wie ihr Vater.

Ralf und Roland, Rita und Roy füttern sich gegenseitig mit verbundenen Augen – mit roter Grütze! Sie sehen hinreißend aus.

„Hilfe, mein Gebiss!“, schreit Rita und reißt sich das Tuch von den Augen. Dann angelt sie ihre Vampirzähne aus der roten, glitschigen Masse heraus.

Fanny schenkt sich inzwischen aus einem Saftkrug ein rötliches Gebräu ein.

„Was trinken Sie da?“, erkundigt sich Willi.

„Sangria“, antwortet Fanny.

„Sangria? Das kenne ich aus dem Urlaub in Spanien“, sagt Roxane.

„Was ist das?“, fragt Alf der Elfte.

„Rotwein mit viel Orangensaft. Das Getränk heißt so, weil es blutrot ist. Sangre heißt nämlich ‚Blut‘ auf Spanisch“, erklärt ihm Roxane.

„Diese Sangría ist ohne Rotwein, aber mit viel Blutorangensaft“, sagt Fanny. „Das mögen Vampire lieber.“

Willi grinst. „Ich weiß, was Vampire trinken!“

Alf säbelt am Satansbraten herum.

„Magst du das Fleisch durch oder blutig?“, fragt er Lucy.

„Blutig“, sagt Lucy.

Aber es gibt nicht nur blutrote Sachen. Es gibt auch phosphorgrünen Glibberpudding, Geisterspießchen, Hexenkringel, Dämoneneis, Lakritzemonster und Gummiteufel in sieben verschiedenen Neonfarben.

„Jetzt wollen wir spielen!“, ruft Lucy nach dem Essen.

„Aber was?“, fragt Willi.

„Lauter tolle Vampirspiele“, verspricht Lucy. Als Erstes spielen sie Sarghüpfen. Da gewinnt Ralf. Er ist der Sportlichste.

Beim Knochenweitwurf gewinnt Roxane.

Sie hat den besten Schwung im Arm. Nicht umsonst ist sie die Spielführerin der Basketballmannschaft.

Beim Mumienverpacken gibt es Gekicher und Geschrei. Alf ist eines der Opfer, das mit Klopapier eingewickelt werden soll, und er ist schrecklich kitzelig.

Alice führt eine Luftschlangenbeschwörung vor, und Ralf zaubert ein bisschen.

Dann wird die schönste Maske prämiert. Alle finden, dass Alf der Scheußlichste ist. Deshalb bekommt er als Preis einen Heulschlauch, der pfeifende Laute von sich gibt, wenn man ihn wie ein Lasso über dem Kopf herumwirbelt.

Roxane möchte tanzen.

Da holt Fanny ihre Gitarre und spielt einen flammenden Flamenco.

Roxane klappert dazu vampirisch mit den Kastagnetten.

Die Stimmung ist auf dem Höhepunkt, als Fanny auf der Gitarre den Hexenboogie spielt.

Alle wirbeln in wildem Tanz durcheinander.

„Autsch! Mein Zeh!“, jammert Alice.

„Hättest du ihn halt nicht unter meinen Fuß geschoben!“, knurrt Willi.

Dann folgen ein Schocker-Rock und eine heiße Lambada.

Erst nach dem Walpurgisnacht-Blues kehrt endlich ein wenig Ruhe ein.

„Oh, bin ich müüüüde!“, gähnt Alf der Elfte um elf Uhr.

„Wir sollten eine kleine Pause machen“, schlägt Fanny vor.

Draußen ist es kühl und dunkel geworden. Fanny zündet die Kerzen im Wohnzimmer an.
Im Kamin prasselt ein Feuer. Es ist einfach vampirisch-tierisch gemütlich.

Die erschöpften Vampire lagern um den Kamin herum auf Matten und Kissen. Fanny holt ein altes Buch aus dem Regal und liest eine Gruselgeschichte vor. Nur gut, dass noch nicht Mitternacht ist. Wegen ihres kleinen Zahnproblems wäre ihre Aussprache dann wesentlich undeutlicher.

Sie liest und liest und ehe sie sichs versieht, sind die kleinen Geburtstagsvampire samt und sonders eingeschlafen …

Bauchschmerzen

Lucys Party ist am Montag in der Schule natürlich das Hauptgesprächsthema. Und je mehr Lucys Freunde davon erzählen, desto grauslicher und schauriger wird alles. So weiß man am Schluss gar nicht mehr, was wahr ist, was erfunden ist oder was sie am Ende bloß geträumt haben.

Lucy geht in der Pause nach Hause, weil sie Bauchschmerzen hat. Ob es daher kommt, dass sie auf der Party so viel durcheinandergegessen hat? Oder war es die Aufregung?

Fanny holt getrocknete Kamillenblüten und Fenchel aus dem Arzneischrank, um einen Tee zu kochen.

„Was sind das für kleine weiße Pillen?", erkundigt sich Lucy und deutet auf eine Glasflasche, die ganz oben im Arzneischrank steht.

„Das ist ein Medikament, das für Vampire äußerst gefährlich ist. Es darf nur im Notfall benutzt werden. Also nichts für Kinder", erklärt Fanny.

Natürlich möchte Lucy unbedingt wissen, was in der Flasche ist. Aber ihre Mutter rückt nicht damit heraus.

Was ist in der geheimnisvollen Flasche?

Lucy trinkt widerwillig den Kräutertee und verkriecht sich dann in ihr Bett. Verschlafen beobachtet sie die Kringel, die die Sonne an die Wand zeichnet. Da fällt ihr der Ring wieder ein, den sie in der Wäschekammer gefunden hat.

Lucy holt ihn aus der Schublade und sieht ihn sich genau an. Auf seinem Stein ist das gleiche komische Wappentier, das auf dem Holzschild über dem Kamin hängt! Eine Art Drachen. Wenn das Onkel Franks Wappen ist, dann ist es auch Onkel Franks Ring. Und dann ...

Sie sieht noch genauer hin – und entdeckt, dass neben dem Drachenwappen ein winzig kleiner Verschluss ist! Ihren kleinen, geschickten Händen gelingt es, diesen Verschluss zu öffnen. Der Siegelstein klappt auf wie der Springdeckel einer Miniatur-Uhr. Und in der kleinen Höhlung unter dem karminroten Stein befindet sich ein winziger Zettel. Leider kann Lucy nicht lesen, was darauf geschrieben ist. Dazu braucht sie eine Lupe.

Und die ist in Mamas Schreibtisch.

Barfuß tappt Lucy ins Arbeitszimmer ihrer Mutter und kramt das Vergrößerungsglas hervor. Unter der Lupe formen sich die kleinen Tintenkrakel zu richtigen Buchstaben.

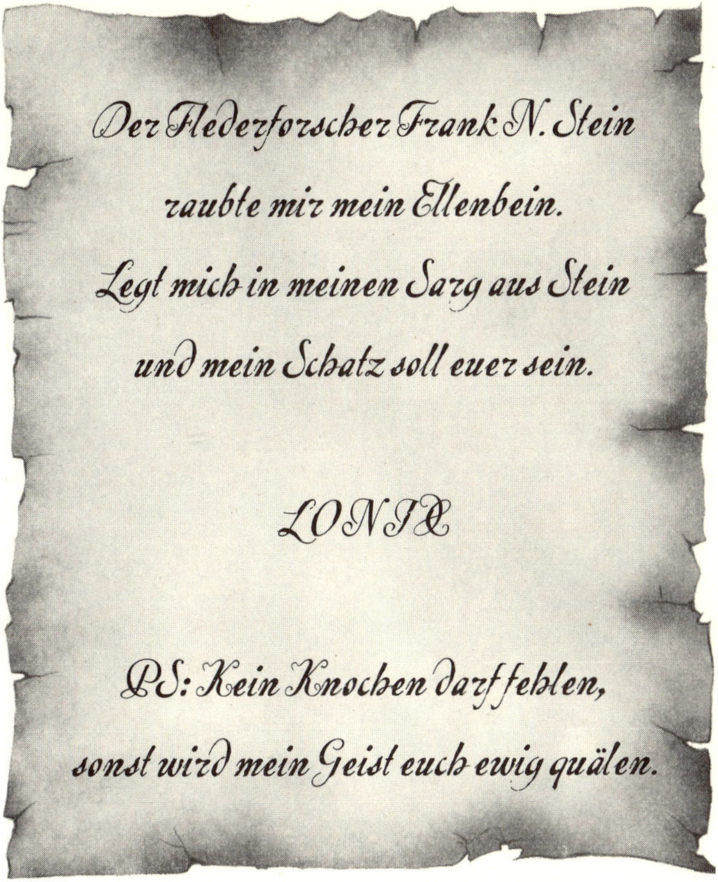

„Mammiii!“, ruft Lucy und rennt mit ihren nackten Füßen den langen, kalten Gang entlang bis zur Küche, wo Fanny einen Fiebertee braut.

„Bist du des Teufels, Lucy! Rennst hier halb nackt herum! Ich denke, du liegst im Bett und hast Fieber und Bauchschmerzen!“

„Mami, wer ist Lonix?“

„Keine Ahnung. Warum fragst du das?“

„Ihm gehört das – ich meine, er ist das Gerippe in der Wäschekammer! Und es fehlt ihm ein Knochen. Wir müssen es finden, Mami, das Dings, das Elfenbein oder wie es heißt. Wie sieht es eigentlich aus?“

„Was redest du für ein wirres Zeug?“

„Lies doch bloß mal diesen Zettel hier“, drängt Lucy.

„Ich hab meine Brille nicht da!“

„Wir müssen ihn in den Sarg legen! Unbedingt!“

„Welcher Sarg? Du hast wirklich Fieber, Kind! Du fantasierst ja!“, ruft Fanny erschrocken und fasst besorgt an Lucys Stirn.

„Sonst geistert er herum, der Lonix. So lies doch endlich“, drängelt Lucy.

Während Fanny nach ihrer Brille sucht, erklärt Lucy, wie sie den Siegelring am Skelett fand und den Zettel im Ring.

„Sehr seltsam“, murmelt Fanny nachdenklich. „In diesem Haus ist nichts, wie es sein soll. Es spukt und heult und jammert. Irgendwie habe ich das Gefühl, Onkel Frank liegt doch nicht auf dem Boden des Moores, und auch sonst geht vieles nicht mit rechten Dingen zu!“

Fanny studiert den Zettel mit Brille und Lupe.

Erst als sie den Text selbst gelesen hat, ist sie überzeugt: Hier bittet jemand aus dem Jenseits um Hilfe! Wer, zum Teufel, ist dieser Lonix?

„Was machen wir jetzt, Mami?“, erkundigt sich Lucy besorgt.

„Ich weiß auch nicht recht“, seufzt Fanny.

„Ob Onkel Frank wirklich den Knochen geklaut hat?“

„Keine Ahnung. Aber wir sollten das fehlende Ellenbein suchen und danach das vollständige Skelett von Lonix in den Marmorsarg legen, wenn er es so haben will“, entgegnet Fanny. „Dann hat die arme Seele Ruh. So, und jetzt wird geschlafen!“

In der Nacht steigt Lucys Fieber. Sie beginnt zu fantasieren.

Fanny ist mit ihrer Kräuterweisheit am Ende. Ihre Tees helfen nicht.

Gleich am nächsten Morgen telefoniert sie mit Dr. Acula. Er ist nicht nur Zahnarzt, sondern er ist auch der einzige Arzt im Ort. Er verspricht vorbeizukommen.

Lucy schläft immer noch, als der Arzt endlich kommt.

Fanny schildert ihm kurz, was vorgefallen ist. „Lucy hatte Bauchschmerzen und Fieber. Dann lief sie barfuß über die kalten Fliesen. Sie war sehr aufgeregt ...“ Weshalb, verschweigt Fanny.

Aber Dr. Acula scheint einiges zu ahnen. Er lächelt nachsichtig. Dann sieht er Fanny vielsagend in die Augen.

Was weiß Dr. Acula?, grübelt Fanny und wird rot.

In diesem Augenblick öffnet Lucy ein wenig die fiebrig glänzenden Augen.

„Da ist er! Der Flugdrache! Mama, Hilfe!“, schreit sie. „Er schleicht um die Gruft!“

„Das Kind hat Fieber und ist sehr erregt!“, flüstert Dr. Acula Fanny zu. „Lösen Sie dieses Pulver in einem Glas Limonade auf und geben Sie ihr den Trank. Ich werde draußen warten, bis sie sich beruhigt hat."

Fanny zögert einen Augenblick. Dann streicht sie Lucy besänftigend über die Stirn und gibt ihr den Beruhigungstrank. Wenige Minuten später schläft Lucy entspannt ein.

Fanny schleicht sich auf Zehenspitzen hinaus und begibt sich mit Dr. Acula ins Kaminzimmer.

„Wenn Lucy aufwacht, sollten Sie ihr ihren Wunsch erfüllen – auch, wenn er sonderbar ist", sagt der Arzt.

„Welchen Wunsch?"

Da lächelt Dr. Acula. Fanny sieht seine spitzen Eckzähne aufblitzen und weiß plötzlich, warum er ihr so sympathisch ist. „Sie sind – Sie sind einer von uns?"

Dr. Acula nickt.

„Sie wissen mehr, als Sie sagen!", murmelt Fanny.

„Ich kannte Lord Ness und ich kannte Frank. Beide waren von ihren Forschungen besessen, und das ist ihnen zum Verhängnis geworden."

„Wie meinen Sie das?"

„Sie dachten an nichts anderes mehr. Lord Ness forschte vor allem über die Zucht von Seedrachen. Alle Welt kennt das geheimnisvolle Ungeheuer von Loch Ness. Lord Ness war fasziniert davon. Er widmete ihm sein Leben. Aber er hat das Ungeheuer meines Wissens nie zu Gesicht bekommen, sosehr er sich auch bemühte. Er starb an gebrochenem Forscherherzen", sagt Dr. Acula mit einem geheimnisvollen Lächeln.

„Aber Frank? Wie starb Frank? Weshalb hinterließ er uns das Schloss? Was hat er hier getrieben? Er ist mir ein Rätsel! Warum hat er sich überhaupt in diesem verlassenen Nest niedergelassen?"

„Frank hatte die Arbeit von Lord Ness schon seit sehr langer Zeit beobachtet. Daraus entwickelte sich ein reger, wissenschaftlicher Briefwechsel. Eines Tages besuchte er den Lord zum Fachsimpeln in Little Riddle am Griddle und blieb für immer. Hier gibt es geradezu ideale Bedingungen für Miniaturflugdrachen."

„Sie meinen, äh – Fledermäuse?"

„Genau! Und das wurde ihm, wie gesagt, zum Verhängnis."

Fanny sieht ihn erwartungsvoll an.

Der Doktor zögert. Dann sagt er: „Ich lernte Frank kennen, als er einmal schreckliche Zahnschmerzen hatte. Er gestand mir, dass er kein Blut mehr mochte. Die modernen Blutsorten bekamen ihm nicht. Zu viele künstliche Zusätze. Medikamente, Kunstdünger, Pestizide, Umweltverschmutzung – das alles wirkt sich auch gefährlich auf die Reinheit des Blutes aus. Selbst Blutkonserven hielt er für verseucht und ungesund. Frank stieg um auf biologisch-dynamischen Tomatensaft. Das schwächte ihn allerdings sehr. Schließlich wollte er sich verändern. Seine ganze Persönlichkeit. Er wollte so werden wie die Wesen, denen er sein ganzes Leben gewidmet hatte, die er am meisten liebte …"

„Eine … eine Fledermaus?", ruft Fanny und hält erschrocken die Hand vor den Mund.

Dr. Acula nickt. „Dazu brauchte er zwei Arbeitsgänge. Einmal die Verwandlung und dann die Schrumpfung. Er experimentierte wie ein Besessener. Und irgendwann gelang es ihm tatsächlich, sich hin und her zu verwandeln. Ich begegnete ihm des Öfteren nachts im Moor, wenn er seine Übungsflüge machte. Einmal verlor er dabei seine Schuhe. Ein anderes Mal vergaß er den Schirm. Er muss zum Schluss etwas zerstreut gewesen sein. Beim allerletzten Mal scheint er irgendetwas Wichtiges falsch gemacht zu haben. Er verschwand jedenfalls ganz."

Fanny hört fassungslos zu. Es ist einfach unglaublich, was Dr. Acula da erzählt, und doch ergibt es irgendwie einen vampirisch logischen Sinn.

„Ich habe ihn oft beobachtet, weil mich seine Entwicklung sehr interessierte. Sie und Lucy habe ich übrigens auch von Zeit zu Zeit besucht ..."

„So, so. Bespitzelt haben Sie uns. Warum haben Sie sich nicht offiziell hierhergewagt?", fragt Fanny etwas ungehalten.

„Nun", entgegnet Acula verlegen. „Ich konnte ja nicht wissen, ob Sie wirklich vampirisch sind. Aber nach Lucys Geburtstag war ich mir ganz sicher. Ich konnte mir nur nicht erklären, woher auf einmal die vielen anderen kleinen Vampire kamen ..."

„Das wird für ewig unser Geheimnis bleiben", sagt Fanny und lächelt geheimnisvoll.

Während Lucy dank Dr. Aculas Zauberelixier sanft der Gesundheit entgegenschlummert, entdecken Fanny und Dr. Acula noch mehr Gemeinsamkeiten.

„Vielleicht kennen Sie ja Lonix?“, erkundigt sich Fanny schließlich.

„Lonix? Nie gehört!“, versichert Dr. Acula.

Fanny erzählt dem Doktor von dem Knochenfund in der Wäschekammer. Aber der Doktor erinnert sich an keinen Patienten dieses Namens und sagt: „Der muss wohl vor meiner Zeit hier gelebt haben!“

Zum Tee serviert Fanny ein paar von den knusprigen Hexenkringeln, die vom Geburtstag übrig geblieben sind. Sie sind in einer Zinndose, einem uralten Familienerbstück der Frankensteins.

„Was ist mit diesem Mr Lonix?“, erkundigt sich Dr. Acula beiläufig.

„Ich zeig Ihnen was“, sagt Fanny. Sie geht zum Schreibtisch und holt die geheimnisvolle Botschaft, die Lucy in dem Siegelring gefunden hat. „Sie müssen es durch die Lupe lesen!“

Dr. Acula untersucht das Schriftstück; für einige

Augenblicke ist es ganz still im Zimmer. Nur die Uhr tickt. Nachdenklich legt Acula die Lupe beiseite und schenkt sich noch mal Tee ein.

Plötzlich setzt er die Teetasse auf den Teller, greift nach einem der Hexenkringel, wirft ihn in die Luft, lacht hell auf und zeigt auf den Deckel der Zinndose. Mit viel Mühe sind dort ein eingraviertes Datum und eine krakelige Signatur zu erkennen.

„Ich verstehe gar nicht, was an der Keksdose so komisch ist“, sagt Fanny ärgerlich.

„Das Datum! Sehen Sie: Es ist in römischen Zahlen geschrieben! V.IX.MDCX!“ Er lacht wie ein Schuljunge, der eine Wette gewonnen hat.

„Das heißt 5. September 1610. Was gibt es da zu lachen?“, sagt Fanny.

„Eigentlich gar nichts. Aber ich weiß jetzt, wer Ihr geheimnisvoller Lonix ist“, sagt Dr. Acula. „Die Keksdose hat mich darauf gebracht.“

Fanny mustert ihren Gast wie einen Geisteskranken. „Ich bin gespannt wie ein Regenschirm, wenn's donnert“, sagt sie und schlägt die Beine übereinander.

„Kein anderer als der verblichene Lord Oliver Ness der Neunte!"

„Und wie wollen Sie das beweisen?" Nun versteht Fanny gar nichts mehr.

„Keksdosenmäßig. Es handelt sich bei der Unterschrift ‚Lonix' um keinen Vornamen oder Familiennamen, sondern um Einzelbuchstaben. Genauer gesagt um ein Monogramm. Also um die Anfangsbuchstaben von Vor- und Familiennamen. Dazu eine römische Zahl – wie auf der Keksdose! L.O.N. und die römische IX."

„L.O.N.IX. Tatsächlich!", ruft Fanny verblüfft. „Lord Oliver Ness der Neunte!"

Als Dr. Acula sich schließlich lange nach Mitternacht verabschiedet, sagt er: „Vielleicht sollten Sie nach dem Ellenbein, das der gute Lord vermisst, mal auf dem Dachboden suchen. Da hielt sich Frank oft zum Experimentieren auf!"

Dr. Acula zeigt wortlos auf seinen Unterarm, wo das Ellenbein ist. Dazu deutet er mit den Armen eine Flugbewegung an.

„Vielleicht hat Frank den Ellenknochen dazu

verwenden wollen, um eine Flügelverstärkung für einen Fledermausflügel zu konstruieren."

„Das wäre allerdings denkbar", seufzt Fanny. „Eine geniale Idee." Sie ist jetzt froh, dass sie den fachkundigen Gast in ihre Probleme eingeweiht hat.

Fanny begleitet Dr. Acula bis zum Tor. Dann geht sie zurück und sieht nach Lucy. Die schläft friedlich. Erschöpft legt sich Fanny auf das Sofa neben Lucys Bett und schläft in der nächsten Sekunde ein.

Der alte Dachboden

Am nächsten Tag ist Lucy so gesund und munter, als sei nichts gewesen.

„Ich hab vielleicht komisch geträumt“, sagt sie und reibt sich die Augen.

„Ich auch“, schwindelt Fanny. „Und stell dir vor: Ich glaube, ich weiß, wem der vermisste Knochen gehört und wo wir ihn suchen müssen!“

„Erzähl“, drängt Lucy.

„Vermutlich gehört er Lord Ness!“

Sie erklärt ihrer Tochter, was sie herausgefunden hat.

„L.O.N.IX? Lord Oliver Ness IX.? Mann, Mami, das ist ja irre! Wie bist du denn bloß darauf gekommen?“

Fanny zuckt mit den Schultern.

„Äh … durch die Keksdose!“, sagt sie zögernd. Sie hält es für klüger, den nächtlichen Besucher zunächst nicht zu erwähnen.

„Dann muss auch der Ring Lord Ness gehört

haben", überlegt Fanny weiter. „Er hat eine Echse als Wappen."

„Du meinst einen Drachen?"

„Drachen und Echsen, das ist die gleiche Familie. Es gibt Flugdrachen und Seedrachen. Die Lords von Ness haben seit alters her einen Seedrachen im Wappen."

„Und was ist mit dem Ellenbein?"

„Onkel Frank hat es vermutlich – geborgt, um daraus etwas für seine Flugdrachen zu basteln – für seine Fledermäuse", sagt Fanny ausweichend.

„Wir müssen unbedingt den Knochen finden, damit der arme Lord seine Ruhe findet", seufzt Lucy.

„Also gut. Dann zieh deine alte Hose und Turnschuhe an. Wir wollen auf dem Dachboden mit unserer Suche anfangen."

Wenig später klettern die beiden über altes Gerümpel zum Dachboden hinauf.

„Vorsichtig! Die Bretter in der Treppe sind zum Teil lose", warnt Fanny.

Als sie oben auf dem alten Speicher ankommen,

reißt Lucy die Augen so weit auf wie eine Nachteule.

„Mann, ist das toll“, sagt sie und sieht sich staunend um.

Der Dachboden ist das reinste Gruselkabinett. Überall stehen und hängen ausgestopfte Tiere. Vor allem Vögel. Aber auch Füchse, Maulwürfe und ein Wolf mit leuchtenden Glasaugen.

„Das muss ich unbedingt Alf zeigen!“, ruft Lucy begeistert.

„Kommt nicht infrage!“, sagt Fanny. „Was soll der bloß von uns denken! Die Leute reden schon genug über Onkel Frank!“

Auf einem Eichenklotz sitzt eine ausgestopfte Fledermaus.

„Mami, sieh doch! Sie sieht fast lebendig aus. Sie hat genauso hübsche Augen wie Mausi!“

Fanny entdeckt auf dem Tisch ein Buch, das mit allerlei geheimnisvollen Zahlen und Sprüchen beschrieben ist.

„Ich ahne Schreckliches“, murmelt Fanny. Stumm studiert sie die Seiten, zwischen denen eine Eulenfeder als Lesezeichen steckt.

„Ich kann es nicht fassen", sagt sie zu Lucy. „Er ist verrückt. Vielmehr: Er war verrückt."

„Onkel Frank?", fragt Lucy.

Die Mutter nickt.

„Was hat er denn gemacht?", will Lucy wissen.

„Er hat tatsächlich die Schrumpfungsformel angewendet und sie mit einer Verwandlungsformel verbunden. Und dann ..."

„Hat er sich kleiner gezaubert? Wie aufregend!"

Fanny seufzt. „Weißt du, er wollte unbedingt eine Fledermaus werden! So sehr hat er diese Tiere geliebt. Sieh mal, hier steht am Rand: *Kein Blut mehr! Nur noch Freiheit! Frank und frei. Frank wird frei! Die Freiheit der Fledermäuse!!!!!!!*, mit sieben Ausrufezeichen dahinter."

„Dann ist er gar nicht gestorben, sondern fortgeflogen?"

„Wohl kaum", sagt Fanny. „Denn in der Verwandlungsformel ist ein Druckfehler! Hier steht 3 GRASWURZELN und es muss heißen: 3 GLAS WURZELN, also Karotten. Wenn Onkel Frank wirklich drei Graswurzeln in den Zaubertrank getan hat, dann ist er garantiert beim ersten Flug-

versuch abgestürzt. Graswurzeln sind viel zu schwach. Aber Karotten, die geben Kraft! Das weiß schließlich jeder Hase."

„Der arme Onkel Frank. Wie schrecklich!", sagt Lucy.

Fanny sieht sich weiter um. Endlich entdeckt sie das, wonach sie eigentlich suchen: den schmerzlich vermissten Knochen. Er liegt auf der Werkbank. Gleich neben der elektrischen Säge.

„Glücklicherweise hat er ihn noch nicht zerstückelt", murmelt Fanny.

„Bist du sicher, dass das ein Ellenbein ist?"

„Mit Knochen kenne ich mich aus!", versichert Fanny. „Heute Abend, wenn wir wieder Vampire sind, werden wir Lord Ness mit sämtlichen Knochen wunschgemäß beerdigen!"

Der Brief im Marmorsarg

„Mami, wir können gehen. Meine Zähne sind gewachsen!“, ruft Lucy um Mitternacht.

„Meine auch“, sagt Fanny.

„Fliegen wir oder laufen wir?“

„Wir laufen, das passt besser zu einer Beerdigung“, findet Fanny.

Kurz darauf tragen sie in feierlichem Zug den Pappkarton mit den vollzähligen Knochen des Lords zur Familiengruft. Mausi ist auch dabei. Sie hängt an Lucys Schulter.

Fanny trägt eine Fackel. Sie finden den leeren Steinsarg sofort. Er steht gleich rechts neben dem Eingang.

„Teufel, das ist ein echter Marmorsarg", staunt Fanny. „Verdammt schwerer Deckel. Ein Albtraum für einen Vampir! Wenn man den jede Nacht hochstemmen muss ..."

„Aber Lord Ness ist doch gar kein Vampir", bemerkt Lucy.

„Da hast du völlig Recht ...", murmelt Fanny. „Ich bin schon ganz durcheinander. Wenn er erst mal drin ist, kommt er nicht mehr raus, und wir haben unsere Ruhe."

Fanny versucht mit aller Kraft, den Deckel zu bewegen.

„Mannomann!", stöhnt sie. „Kannst du noch ein bisschen drücken, Lucy? Gleich haben wir es geschafft!"

Mit vereinten Kräften schieben sie den schweren Marmordeckel zur Seite und legen die sterblichen Überreste des Lords hinein.

„Da liegt ein Brief im Sarg!", sagt Lucy plötzlich. „Er ist versiegelt!"

„Tatsächlich", sagt Fanny.

Sie löst das Siegel und entfaltet gespannt das vergilbte Papier. Im Licht des Mondes, der durch das kleine vergitterte Fenster der Gruft fällt, entziffert sie die Botschaft:

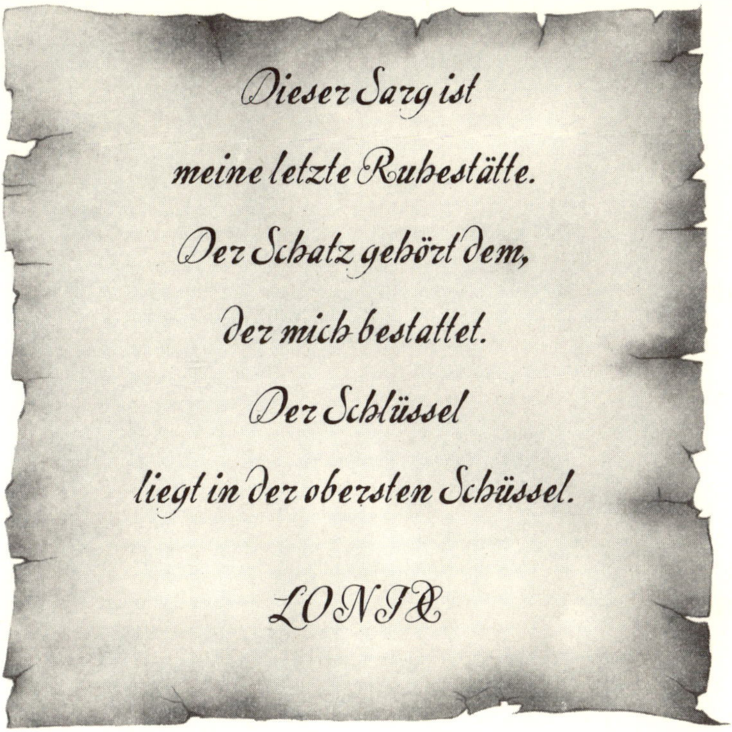

„In welcher Schüssel?“, grübelt Lucy.

„Keine Ahnung. Vielleicht im Küchenschrank. Vielleicht auch nirgends. Weißt du, geheimnisvolle Schätze werden in solchen Botschaften aus dem Jenseits meist versprochen, damit man den ruhelosen Geistern ihren letzten Willen erfüllt", meint Fanny. „Ich glaube nicht, dass wirklich etwas dahintersteckt."

„Es könnte aber doch sein", beharrt Lucy. „Ich finde es aufregend, nach verborgenen Schätzen zu suchen."

Als sie durch den Park zum Haus zurückgehen, ist Fanny ziemlich nachdenklich. Ein Schatten fegt über die Wiese zur Hecke hinter dem alten Steinbrunnen.

„Hast du das gesehen?", fragt Lucy. „Da war so etwas wie ein großer Flugdrache. Er ist hinter dem Brunnen in den Büschen verschwunden."

„Keine Angst, mein Kind", beruhigt Fanny ihre Tochter. „Das war nur der Wind."

„Der Brunnen hat eine Schüssel! Drei Schüsseln sogar! Ob wir dort nach dem Schlüssel suchen sollen?", fragt Lucy aufgeregt.

Sie wartet die Antwort ihrer Mutter gar nicht erst ab und begibt sich auf Schatzsuche. Sie klettert auf den Brunnen. Dort, wo einst Wasser über die Ränder plätscherte, hat längst der Wind die Schalen mit Staub und Sand gefüllt. Tastend greift

Lucys Hand über den Rand der unteren Schüssel. Sie findet nur Sand und Steine. Aber sie lässt sich nicht entmutigen und klettert über die zweite Schüssel zur dritten hinauf.

„Juhu!“, jubelt sie und hält triumphierend einen Schlüssel in der Hand. Er ist ziemlich groß und rostig.

„Lass sehen“, sagt Fanny. Sie betrachtet ihn im Schein der Fackel. „Dieser Schlüssel passt nur in ein großes, altes Schloss“, murmelt sie, als sie zum Haus zurückgehen.

„Der Dielenschrank hat ein solches Schloss“, überlegt Lucy. „Aber ausgerechnet den dürfen wir ja nicht öffnen.“

„Vielleicht sollten wir jetzt doch ...“, sagt Fanny. Sie wiegt den schweren Schlüssel in der Hand und geht dann auf den Dielenschrank neben der Wäschekammer zu.

Kein Seufzen und Stöhnen ist mehr aus der Kammer zu hören. Der neunte Lord Ness ist also endlich erlöst!

„Ich glaube, unser Lonix hat jetzt wirklich die letzte Ruhe gefunden“, sagt Fanny und steckt vor-

sichtig den Schlüssel ins Schloss an der Schranktür. Die lässt sich überraschend leicht öffnen.

„Mann!“, ruft Lucy überwältigt. „Geld! Alles voll Geld!“

Auch Fanny ist sprachlos. Sie starrt zunächst regungslos in die Schrankfächer, in denen sich Geldscheinbündel stapeln. Dann greift sie kurzerhand in die Geldbündel hinein und holt ein Päckchen heraus. Sie blättert die Scheine prüfend durch und flucht: „Verdammter Mistkerl! Falschgeld! Das ist mal wieder typisch Onkel Frank! Er hat wieder auf jeden Schein eine Null zu viel gedruckt! Ein hoffnungsloser Fall!“

„Dann ist das Geld nichts wert?“, fragt Lucy enttäuscht.

Ihre Mutter schüttelt den Kopf. „Keinen Pfifferling. Wir können den Kamin damit heizen.“

„Und was ist das hier?“, fragt Lucy und zeigt auf eine Zeichnung an der Innentür.

Fanny setzt ihre Brille auf und studiert die Inschrift genau. Sie ist mit einem scharfen Gegenstand eingeritzt und nur mit Mühe zu entziffern.

„Was soll denn das nur wieder bedeuten?“, überlegt Fanny.

„Ein Ding drehen?“, fragt Lucy.

„Das Ding drehen“, grübelt Fanny.

„Ich weiß es!“, ruft Lucy aufgeregt. „Das Ding, das man drehen muss, ist das Wappen. Und ich weiß, wo das Familienwappen ist: über dem Kamin im Wohnzimmer!“ Sie rennt davon.

Tatsächlich gelingt es Lucy nach einigem Hin- und Herprobieren, einen Mechanismus am Familienwappen über dem Kamin zu entriegeln. Das Wappen öffnet sich wie ein kleiner Schrank.

„Oh“, ruft Lucy überrascht. „Mami, sieh doch! Was für schöner Schmuck!“

„Tatsächlich!“, staunt Fanny. Sie ist genauso erstaunt wie ihre Tochter, als sie sieht, was sich in Lord Olivers ungewöhnlichem Wandtresor befindet. „Aber das dürfen wir nicht einfach behalten.“

Auch in diesem Geheimfach findet Lucy einen Zettel. Darauf steht in der Handschrift des Lords:

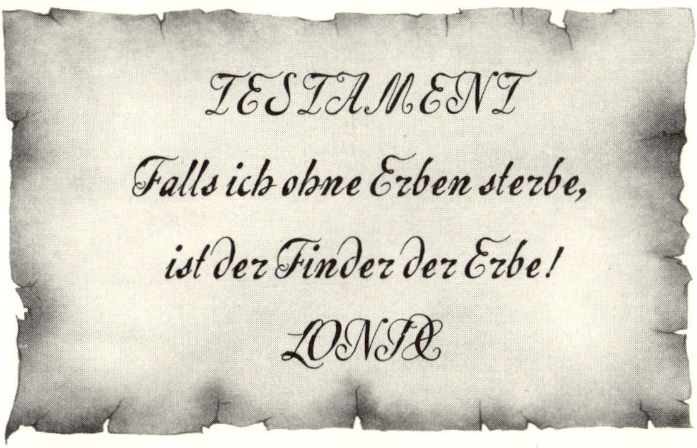

„Allmählich mag ich diesen Lonix ganz gut leiden“, sagt Lucy.

Fanny pfeift anerkennend durch die Zähne. „Demnach gehört der Schmuck eindeutig uns. Das muss sogar McRony anerkennen, wenn ich ihm morgen davon erzähle.“

„Sind wir jetzt reich?“, fragt Lucy neugierig.

„Ein bisschen“, antwortet Fanny und lässt die blitzenden Juwelen langsam durch ihre schmalen Hände gleiten.

Am nächsten Tag, als Lucy in der Dämmerung die Fledermäuse füttern will, ist ihre Mausi verschwunden.

„Mausi! Mausi!“, ruft Lucy. Aber ihre geliebte Fledermaus taucht nicht wieder auf. Die anderen Fledermäuse tuscheln und rascheln. Sie machen sich allein über das leckere Futter her.

Als Lucy über den Hof zum Haus zurückgeht, entdeckt sie Mausi, die übermütig über ihren Kopf schwirrt, einen Looping dreht und dann zum Dachboden hinauffliegt. Dort verschwindet sie in einer Dachluke.

„He! Mausi! Was suchst du denn da oben?“, ruft Lucy überrascht. „Na warte! Ich werde es schon herausfinden!“

Schon rennt sie die alten knarrenden Treppen zum Dachboden hinauf. Sie klettert über das Gerümpel und landet schließlich in der finsteren Dachkammer.

Alles ist so, wie sie es vom Vortag in Erinnerung hatte. Nur der Knochen neben der Säge ist natürlich verschwunden.

Aber wo ist Mausi?

Als sich Lucys Augen an die Dunkelheit gewöhnt haben, entdeckt sie die Fledermaus bei den ausgestopften Tieren. Sie hängt kopfüber an einem Dachsparren und schaukelt über einer ausgestopften Fledermaus hin und her. Sie stupst sie zärtlich an, reibt sich an ihr, und – jetzt sieht es tatsächlich so aus, als gäbe sie ihr einen Kuss!

Und dann – Lucy traut ihren Augen nicht – bewegt sich die ausgestopfte Fledermaus und erwacht wie ein verwunschener Prinz! Sie rollt mit den Augen, schüttelt die Flügel, streicht Mausi mit den Federflügeln zärtlich über das Gesicht. Dann flattern beide zum Dachfenster und fliegen Seite an Seite in den blauen Nachthimmel hinaus.

Lucy stürzt fast die Treppe hinunter, so eilig hat sie es, Fanny die ganze Geschichte zu erzählen. Und dann geht sie plötzlich langsamer. Sie wird unendlich traurig. Sie begreift, dass Mausi sie wegen dieser Fledermaus für immer verlassen hat! So etwas wie Eifersucht steigt in ihr auf. Und ein Gemisch aus Wut und Traurigkeit.

„Was ist denn los, mein Kind?“, fragt Fanny überrascht, als Lucy mit Tränen in den Augen in die Küche kommt.

Lucy erzählt stockend, was passiert ist …

Eine Fledermaus für Lucy

Am Tag vor den Herbstferien kommt ein Brief in einem tabakbraunen Umschlag.

„Nanu, wer schreibt uns denn da?“, fragt Fanny.

„Es ist nur eine Drucksache“, antwortet Lucy enttäuscht und reißt das Kuvert auf. Eine braune Karte fällt heraus. Es ist eine Anzeige. Sie enthält die knappen, aber inhaltsschweren Worte:

„Von Frank“, sagt Fanny fassungslos. „Er ist mit Mausi durchgebrannt. Das ist ja allerhand. Und seinen Namen hat er mal wieder geändert! Er kann es nicht lassen ...“

Lucy liest die Karte mehrmals und murmelt immer wieder traurig vor sich hin: „Mausi, meine Mausi!“

„Heute Nachmittag bekommen wir Besuch“, sagt Fanny beim Mittagessen. „Das wird dich ein wenig aufheitern, mein Schatz.“

„Wer kommt denn?“

„Das ist eine Überraschung. Jemand, den du schon lange kennst. Jemand, der ein bisschen daran schuld ist, dass alles so gekommen ist. Jemand, der sehr nett ist.“

„Darf ich raten?“, sagt Lucy.

„Na klar, nur zu“, sagt Fanny.

„Mann oder Frau?“

„Mann“, sagt Fanny nach einem winzigen Zögern.

„Ist es Mr Stamp?“

„Nein. Mit dem hat zwar alles angefangen,

damals am Bahnhof von Little Riddle am Griddle, aber er ist es nicht."

„Old Bat?"

„Wird schon wärmer."

„Mr McPill oder Mr McRony?"

„Falsch geraten!"

In diesem Augenblick hört man Schritte in der Halle.

„Hallo, komme ich zu früh?", fragt eine Stimme, die Lucy bekannt, aber nicht vertraut vorkommt.

Im ersten Augenblick erschrickt sie sogar ein wenig, als sie den Besitzer der Stimme erkennt: Es ist – Dr. Acula!

Er hat einen üppigen Strauß mit Lilien und Silberdisteln in der linken Hand und einen großen Karton in der rechten.

„Herzlichen Dank für die Einladung", sagt er und überreicht Fanny die Blumen.

„Guten Tag, Lucy", lächelt er. „Wir kennen uns ja. Aber ich denke, ich kenne dich besser als du mich."

Lucy weiß nicht, was sie antworten soll.

„Ihr werdet euch bestimmt gut verstehen", sagt

Fanny. „Franz, würdest du bitte das Kaminfeuer anzünden? Wir wollen uns einen ganz gemütlichen Nachmittag machen und viel erzählen!"

Franz? Wieso sagt die Mutter zu diesem Dr. Acula Franz?, grübelt Lucy.

Während Franz Acula geschickt die Flamme entfacht, fragt Lucy ihre Mutter: „Sag mal, kennt ihr euch näher?"

„Nun ja, wir haben uns in letzter Zeit hin und wieder bei unseren nächtlichen Ausflügen im Moor getroffen. Wir haben auch sonst einige gemeinsame Interessen. Wenn man ihn näher kennt, ist Franz wirklich ein netter Kerl."

„...wenn er einem keine Zahnspange verpasst", knurrt Lucy.

Fanny lacht und sagt: „Wer weiß, wofür es gut war. Wir haben dadurch doch allerhand aufregende Dinge erlebt. Oder nicht?"

Eine Weile sitzen die drei plaudernd am Kamin.

Dann läuft Fanny in die Küche, weil der Wecker am Herd geklingelt hat.

„Das Essen ist fertig!", ruft sie vergnügt.

Sie setzen sich an den Esstisch aus Eichenholz.

„Was ich schon die ganze Zeit fragen wollte“, sagt Fanny. „Was ist eigentlich in dem großen Karton, den du mitgebracht hast?“

„Oh, Verzeihung! Da habe ich doch glatt vor Aufregung das Wichtigste vergessen!“, ruft Frank und springt auf.

Er holt den Karton. Es ist ein Drahtkäfig darin. Er holt ihn heraus und sagt: „Das ist Mausi die Zweite: eine Fledermaus für Lucy!“

Da fällt ihm Lucy um den Hals. Er ist weich und warm.

Ich glaube, ich mag ihn, denkt Lucy.

Lucy und Dr. Acula

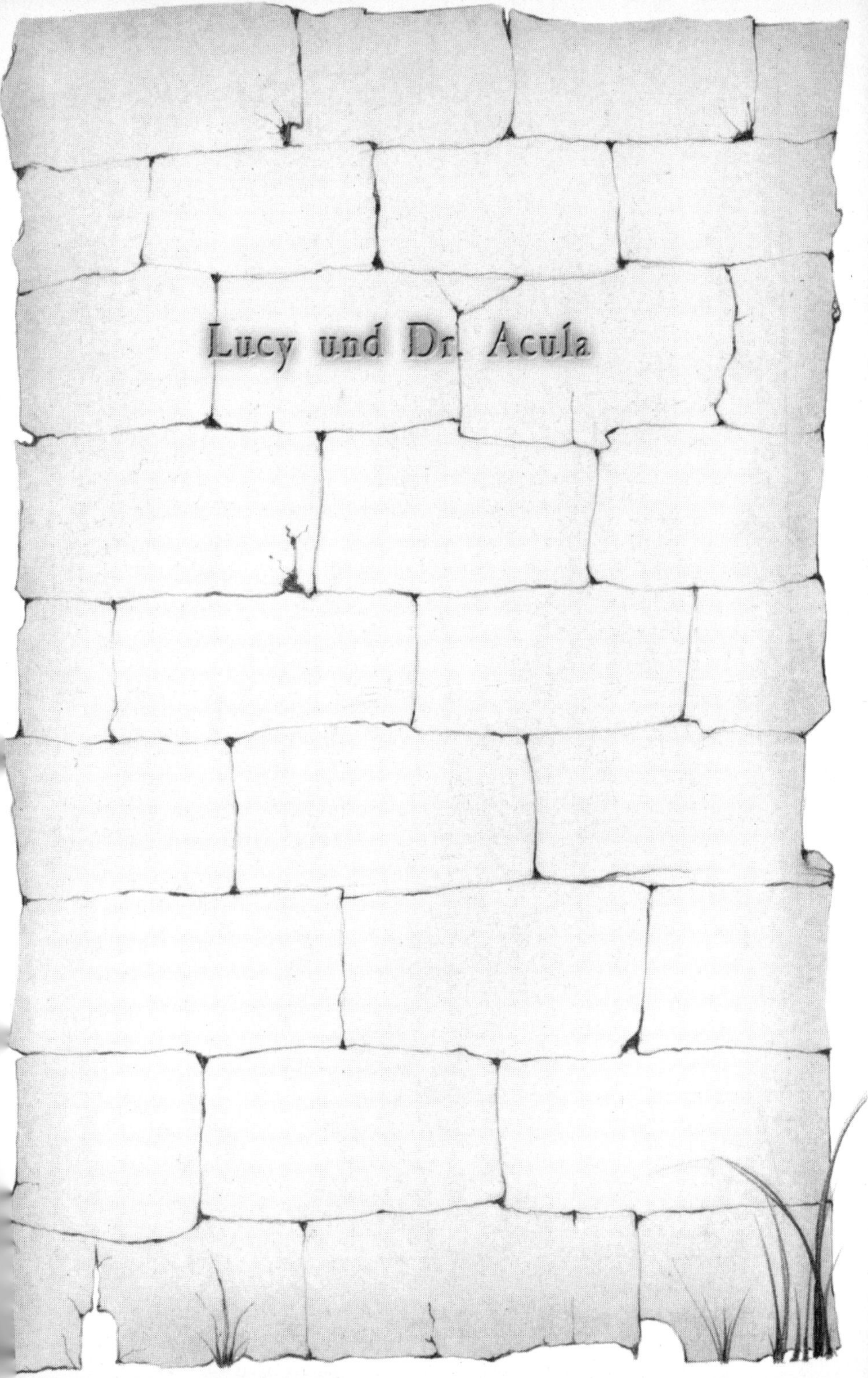

Eulenstunde

Lucy steht am Fenster. Sie findet es aufregend, wenn der Tag zu Ende geht. Sie liebt den Abendwind, der leise in den Blättern flüstert. Sie mag die geheimnisvollen Schattenrisse, die der bleiche Mond zwischen den Baumriesen auf die Parkwiese zeichnet. „Eulenstunde" nennt sie diese schummrige Zeit zwischen Tag und Nacht.

Ihr Blick wandert hinüber zum Fledermausturm auf der anderen Seite des Schlosses und zu den alten Eichen am Waldrand, in denen die Eulen wohnen. Ein Käuzchen ruft. Es verkündet den Tagschläfern, dass es jetzt Zeit ist, munter zu werden, um im Schutz der Dämmerung auf Beutesuche zu gehen.

„Na warte! Ich werde euch die besten Bissen wegschnappen!", sagt Lucy und läuft vergnügt die Treppe hinunter. Sie holt eine Blechdose zum Würmersammeln aus dem alten Dielenschrank, schlüpft in ihren schwarzen Anorak und geht in den Schlosspark hinaus, um dort im Unterholz nach Futter für ihre Fledermäuse zu suchen. Weißgraue Nebelschwaden breiten sich wie Laken über die Wiese, als sie über den Kiesweg zum Waldrand läuft.

Kaum ist Lucy im Schatten der Bäume verschwunden, taucht auf der anderen Seite des Parks eine Gestalt aus dem Nebel auf. Breitschultrig wie eine Vogelscheuche steht sie da in ihrem weiten flanellgrauen Mantel und sieht sich vorsichtig um, ehe sie mit großen Schritten nach Rickety Hill Hall hinübereilt.

Jetzt läuft der Graue in einem seltsamen Zickzackkurs auf den Fledermausturm zu. Als der Mond einen Augenblick durch die Wolken bricht, ist auch der Grund dafür zu erkennen: Er verfolgt mit einer Art Schmetterlingsnetz eine Fledermaus! Die Fledermaus fliegt zielstrebig auf den verfallenen östlichen Schlossturm zu und macht in unerreichbarer Höhe auf dem Sims eines vergitterten Turmfensters Rast.

„Verflixt noch mal!“, flucht der Verfolger. „Seit die Rankensteins die Fledermäuse füttern, machen alle Briefboten hier im Turm Rast, statt direkt zu

meiner Mühle zu fliegen!“ Er versucht, das Fledertier mit ausgestreckter Hand zu locken.

Aber die Fledermaus denkt nicht daran, zu ihm zu kommen, sondern schlüpft durch die zerbrochene Fensterscheibe in den Turm hinein, wo besondere Leckerbissen auf sie warten.

„Warum bloß verwendet Meister Dragomir für Geheimbotschaften immer noch diese altmodischen Postwege!“, zischt der Graue ärgerlich. „Heute, wo man simsen und E-Mails schicken kann!“

Der Fledermausjäger kennt sich auf dem Grundstück offenbar gut aus. Als im Hausflur Licht gemacht wird, schlüpft er rasch in eine Mauernische. Er entdeckt die Frauengestalt, die jetzt unter dem Bogen des alten Steinportals auftaucht, und verschwindet lautlos zwischen den Buchsbaumhecken. Dahinter befindet sich ein kleines tempelartiges Gebäude. Es ist das „Mausoleum“, die Familiengruft der Lords von Ness mit Steinstatuen und Marmorsärgen. Ein ideales Versteck für einen Vampir. Er lächelt. Man könnte es Fledermausoleum nennen …

„Lucy, Lucy! Wo steckst du?“, ruft die Gestalt an der Tür. Es ist Lucys Mutter.

„Ich komm ja schon!“, ertönt Lucys Stimme aus der Dunkelheit. „Ich hab nur etwas Futter für unsere Fledermäuse gesammelt!“

„Aber du weißt, dass du zu Hause sein sollst, wenn es dunkel wird!“, seufzt Fanny und sieht mit einer Mischung aus Sorge und Nachsicht auf ihre Tochter. Sie legt den Arm um Lucy. Dann gehen sie ins Haus.

Es war nicht leicht für Fanny und Lucy Rankenstein gewesen, als sie vor einem Jahr aus Transsilvanien in dieses abgelegene Nest im schottischen Hochland kamen, um die Erbschaft von Fannys Vetter Frank N. Stone anzutreten. Es ist nie leicht für Fremde, in einem anderen Land Fuß zu fassen. Und wenn man gewisse Lebensgewohnheiten hat, mit denen man nicht auffallen möchte, ist es besonders schwer …

„Wir müssen heute etwas früher zu Abend essen, weil ich weg muss“, sagt Fanny, als Lucy zehn Minuten später vergnügt summend und frisch geduscht im Jogginganzug aus dem Badezimmer kommt. Sie hat die Haarspange zwischen die Zähne geklemmt und bindet gerade ihre feuchten schwarzen Haare im Nacken zu einem kleinen Schopf zusammen.

„Bist du etwa wieder mit *ihm* verabredet?“, erkundigt sie sich, und es klingt alles andere als erfreut.

„Ja“, antwortet Fanny etwas kurz angebunden.

„Mit Franz?“

„Ja, zum Teufel, warum denn nicht?“ Fanny ist ungehalten. „Franz ist ein sehr netter Mensch. Erst mochtest du ihn doch auch. Schließlich hat er dir eine neue Fledermaus geschenkt, nachdem deine heiß geliebte Mausi mit einem Fledermäuserich auf und davon ist!“ Fannys Blick wandert in die dunkle Kaminecke, wo Mausi die Zweite in einem Vogelkäfig hängt und schläft.

„Schon“, murmelt Lucy und lässt sich in einen der altmodischen Lehnsessel plumpsen. „Er ist schon – ganz nett, dein Franz. Aber … Weißt du, früher, bevor du Franz kanntest, hattest du einfach mehr Zeit für mich.“

„Du hast doch auch deine Freunde“, entgegnet Fanny gereizt.

„Aber die sind nicht ständig da! Vor allem abends nicht“, protestiert Lucy und lässt missvergnügt die Beine über die Armlehne des Sessels baumeln. „Sie sind eben leider keine Vampire – wie wir beide und dein Franz!“

Ach ja, denkt Lucy, ab und zu wäre es schön, ein ganz normales Kind zu sein! Ein Kind, dessen Mutter nachts zu Hause ist und nicht mit einem anderen Vampir in der Gegend herumgeistert.

„Andere Mütter gehen auch mal weg“, sagt Fanny. „Nun stell dich nicht so an!“

Lucy schweigt. Nach einer Weile fragt sie: „Kann ich wenigstens vor dem Essen noch in den Turm und die Fledermäuse füttern?“

„Wenn du dich beeilst! Ich zieh mich inzwischen um. Aber spätestens in einer Viertelstunde müssen wir essen!“

Lucy rollt sich geschickt rückwärts aus dem Sessel. Genau vor dem Vogelkäfig kommt sie wieder auf die Beine. „Komm, Mausi! Wir besuchen deine Freunde!“

Sie öffnet den Vogelkäfig und streckt die Hand aus. Schläfrig klammert sich die Fledermaus an Lucys kleinen Finger. Dort baumelt sie wie ein Bündel getrockneter Tabakblätter.

Lucy klemmt die Dose mit dem Fledermausfutter unter den Arm und nimmt die Laterne, die in der Diele neben dem alten Schrank hängt. Dann läuft sie die Kellertreppe hinunter und erreicht durch den unterirdischen Verbindungsgang den Turm.

Die Fledermäuse in der Turmstube erwarten sie schon. Lucy kennt jede einzelne. Jede hat einen anderen Namen und jede ein anderes Gesicht. Den fremden Gast bemerkt Lucy sofort.

„Sieh doch bloß, Mausi! Da ist eine Neue! Sie hat eine Nase wie ein Hufeisen!“, ruft sie überrascht. Sie streckt ihre Hand mit etwas Futter nach der Hufeisennasen-Fledermaus aus. Die schnuppert zutraulich und vernascht einen Borkenkäfer.

„Was hast du denn da am Fuß?“ Lucy tastet neugierig nach der kleinen Metallkapsel am Fuß der Fledermaus. Sie öffnet sie und holt einen Zettel heraus. Er ist mit seltsamen Strichen und Kreisen beschriftet, die Lucy nicht deuten kann.

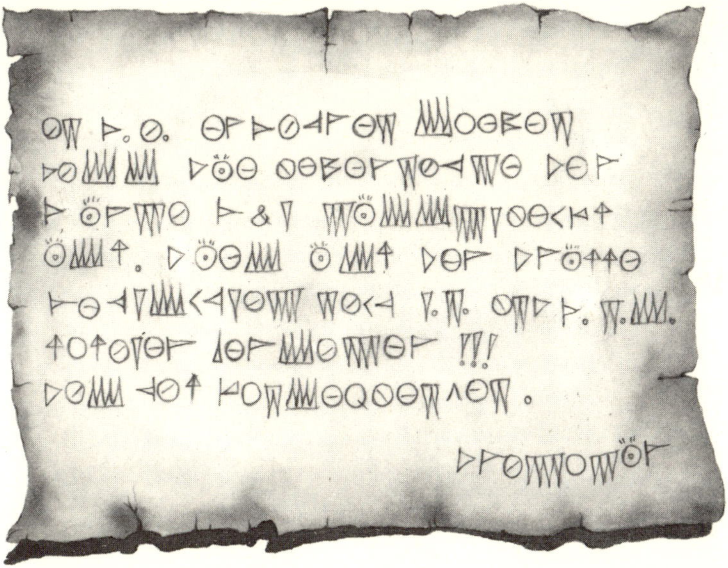

Lucy begutachtet die geheimnisvolle Botschaft von allen Seiten und kann nichts Rechtes damit anfangen. Vielleicht sind das Verständigungszeichen zwischen Forschern, die Flug- und Lebensgewohnheiten der Fledermäuse erkunden wollen? Eine *Fledermausforschergeheimzeichensprache*? Einige der Zeichen sehen fast wie Fledermausaugen und Fledermauszähnchen aus! Irgendwelche wissenschaftlichen Symbole vielleicht? Ob man die enträtseln kann?

Alles, was Fledermäuse betrifft, interessiert Lucy brennend. Deshalb kopiert sie die rätselhaften Zeichen im Schein ihrer kleinen Taschenlampe in ihren Kalender, ehe sie den Zettel wieder in die Kapsel am Fuß der Fledermaus steckt. Dann schüttet sie Trockenfutter in die Futterbehälter und verteilt das Frischfutter, das sie gerade im Wald gesammelt hat: Käfer, Würmer, Larven und Engerlinge.

Es ist ein milder Winter, und die Fledermäuse sind früher als sonst aus dem Winterschlaf aufgewacht. Hungrig fallen sie über die Delikatessen her. Lucy könnte sie stundenlang beobachten. Sie mag Fledermäuse so gern wie andere Kinder ihren Hund, ihre Katze, ihren Wellensittich oder ihren Hamster. Aber heute muss sie sich beeilen. So macht sie sich rasch wieder auf den Rückweg.

„Na endlich“, seufzt Fanny, als Lucy zurückkommt. Lucy überlegt einen Augenblick, ob sie von der Brieftauben-Fledermaus erzählen soll. Sie fängt an. Aber dann lässt sie es doch. Wozu auch.

Fanny hört gar nicht richtig hin. Die schlürft ihren Rotbuschtee und ist in Gedanken schon bei diesem Franz!

„Mach das Fenster zu, und schließ gut ab", sagt Fanny, als sie sich schließlich mit einem Kuss von ihrer Tochter verabschiedet. „Es liegt ein Gewitter in der Luft. Das spüre ich im kleinen Zeh!"

Lucy wischt sich die feuerrote Lippenstiftspur von der Backe. „Du kannst ihm das da schenken. Mit einem schönen Gruß von mir. Ich brauch es nicht mehr!" Sie drückt ihrer Mutter ein Päckchen in die Hand.

„Was ist denn da drin?", erkundigt sich Fanny erstaunt.

„Meine Zahnspange", sagt Lucy. „Sie drückt unerträglich."

Fanny muss laut loslachen. „Ich werde sie ihm zurückgeben. Du kannst dich darauf verlassen!"

Franz ist in Little Riddle am Griddle als Dr. Acula bekannt. Er ist nicht nur Schulzahnarzt, sondern er macht auch die Vertretung für Landarzt Dr. Tickles, der in der nächsten talwärts gelegenen Ortschaft wohnt.

Draußen vor der Tür ertönt ungeduldiges Hupen.

„Herrje, das ist schon Franz auf seiner neuen Harley Davidson! Ich muss mich beeilen!“, ruft Fanny, wickelt ihren glutroten Schal um den Hals und läuft die breite Freitreppe hinunter in den Park.

„Ist ja ein heißer Ofen!“, murmelt Lucy nach einem Blick durch das Fenster. „Na, dann viel Spaß!“

Franz lässt sein neues Motorrad vor dem Schlosseingang laut aufheulen. Brrrrrm! Brm! Brrrrrmm! dröhnt es durch die Nacht.

„Angeber!“, knurrt Lucy. Je mehr er sich für ihre Mutter interessiert, umso bescheuerter findet sie den bleichen, aber gut aussehenden Zahnarzt. Sie steht am Fenster und sieht mit unfreundlichen Gedanken dem röhrenden Motorrad nach, das jetzt im Regen verschwindet.

Im Gasthof „Fledermaus“

Eine knappe halbe Stunde später stürmt Postbote Stamp atemlos in seine Stammkneipe neben der Post und berichtet von einer aufregenden Beobachtung: Er hat in der Nähe von Rickety Hill Hall eine mannsgroße Fledermaus gesichtet!

„So ein Flattermann!“ Anschaulich breitet er seine Arme aus, wie ein Angler, der die Größe des Lachses beschreibt, den er beinahe gefangen hätte. „An der Landstraße beim Schloss! Aber ehe ich meinen Wagen anhalten konnte, verschwand sie im Nebel!“

Sein Bericht stößt bei den Stammgästen der „Fledermaus“ auf unterschiedliches Interesse. Einige winken gelangweilt ab, andere spitzen die Ohren.

Bürgermeister McRony erkundigt sich: „Du hast doch heute Nachmittag nicht zufällig etwas zu viel von deinem alten Whisky probiert, Stamp?“ Er kennt die Schauergeschichten nur allzu gut, die man sich in Little Riddle am Griddle so gern in der Kneipe erzählt.

„Vielleicht hast du Batman gesehen?“, spottet der Schuldirektor. „Den sehe ich täglich. In den Comics, die unsere Schüler heimlich unter den Bänken lesen.“

„Am Ende ist dir der alte Glen Fiddich erschienen?“, scherzt Old Bat. „Der soll ja oben im Moor herumgeistern, als Strafe dafür, dass er sich vor hundert Jahren beim Whiskyschmuggeln erwischen ließ, hahaha!“

„Was ich gesehen hab, hab ich gesehen!“, beharrt der Postbote. „Ich sag euch, es ist nicht geheuer beim Fledermausturm. Genau wie damals, als der alte Frank noch dort lebte.“

„Vielleicht war es ein Drache mit Flügeln? Nessie persönlich?“, grinst Bürgermeister McRony und flattert mit den Armen.

„Manchmal gaukelt einem die Fantasie etwas vor. Besonders wenn man Angst hat! Du fürchtest dich doch nicht etwa vor Fledermäusen, Stamp?“, erkundigt sich der Wirt grinsend und zapft ein frisches Bier für den Bürgermeister.

„Vor Fledermäusen fürchten? Iiich? Da fürchten sich doch höchstens Kinder!“, behauptet der überängstliche Stamp.

„Sag das nicht! Kinder sind oft mutiger als Erwachsene. Zumindest was Fledermäuse betrifft“, schaltet sich der Maurermeister McBrick ein.

„Unser Willi schwärmt geradezu von dieser Lucy Rankenstein und ihrem Fledermausturm. Ein Mädchen, sagt er, das kannst du dir nicht vorstellen, Papa: Die fürchtet sich vor gar nichts!“

„Unsere Alice hat auch begeistert von der Vampirparty an Lucys Geburtstag erzählt“, sagt Bürgermeister McRony. „Eine gute Idee, auf diese Weise den Kindern die Angst vor Geistern zu nehmen. Alice traut sich jetzt sogar nachts allein in den Keller.“

„Trotzdem sollte man etwas gegen die Fledermausplage unternehmen“, brummt Finnegan Flame, der Feuerwehrhauptmann. „Vielleicht sollten wir mal eine Feuerwehrübung im alten Turm machen?“

„Die Fledermäuse müssen im Turm bleiben. So wurde es im Testament des alten Frank festgelegt“, stellt Bürgermeister McRony klar.

„Außerdem stehen Fledermäuse unter Naturschutz“, bemerkt Old Bat. „Und mein Gasthaus verdankt ihnen seinen Namen.“

„Ich denke, die kleine Lucy und ihre Mutter kommen ganz gut klar mit den Fledertieren“, sagt der Bürgermeister.

„Eine hübsche Frau, die Fanny“, bemerkt Jeremy Fiddich.

„Wenn du zehn Jahre jünger wärst und ein bisschen mehr an dir dran wäre, dann hättest du vielleicht eine Chance“, grinst der Wirt.

„Da gibt es schon ganz andere Interessenten. Ist euch nicht aufgefallen, dass sich unser Dr. Acula auffällig oft dort herumtreibt?“

„Ich kann ihn nicht leiden“, knurrt Jeremy Fiddich hinter vorgehaltener Hand. „Er hat mir mal einen Eckzahn ohne Betäubung gezogen. Dabei wäre ich fast verblutet …“

In diesem Augenblick reißt ein Windstoß die Tür auf. Zwei durchnässte Gestalten drängen in die Wirtsstube. Das Gespräch verstummt für einen kurzen Augenblick.

„Wenn man vom Teufel spricht…“, wispert Jeremy Fiddich dem Postboten ins Ohr.

„Haben Sie ein trockenes Plätzchen für uns?“, erkundigt sich der Neuankömmling höflich. Es ist Dr. Franz Acula und seine Begleiterin ist Lucys Mutter Fanny.

„Aber selbstverständlich, Herr Doktor. Der Tisch

am Fenster ist frei!“, sagt Old Bat verbindlich. Franz und Fanny setzen sich.

Die Leute an den Nebentischen reden jetzt über andere Dinge. Über Hochzeiten und Taufen, den sauren Regen, die Müllentsorgung und darüber, was man gegen die Schafseuche und den Rinderwahn tun kann oder gegen die Schweinegrippe, die im Anrollen ist. Als das Gespräch auf Oliver Ironbite kommt, erhitzen sich die Gemüter. Ironbite ist ein amerikanischer Bauunternehmer aus Texas und er hat ein großes Grundstück hinter dem Wald gekauft.

„Seit Jahrhunderten liegt dieses Land brach, weil der Boden nichts taugt“, sagt der Wirt. „Was will er damit?“

„Er will dort Ferienappartements bauen. Keine schlechte Idee, finde ich. Da kommt ein bisschen Leben nach Little Riddle am Griddle“, erklärt Bürgermeister McRony, der bei Freunden wegen seiner Vorliebe für Nudeln „Makkaroni“ genannt wird. „Und Feriengäste bringen Geld in die Gemeindekasse.“

„Ich trau keinem Fremden. Und schon gar nicht

einem Millionär", brummt Jeremy Fiddich, der eine Whiskybrennerei hat. Er trinkt den letzten Schluck aus seinem Glas. „Wer weiß, was dieser Ironbite wirklich im Schilde führt."

„Ich hab gehört, er hat dir eine Menge Geld für dein Ackerland am Griddle geboten", sagt Molly.

Jeremy nickt düster. „Er will direkt am Fluss ein modernes Wellness-Hotel bauen. Das verschandelt doch die ganze Landschaft. Und die vielen Touristen werden das Wasser verschmutzen, das unsere Lebensgrundlage ist …"

„… und die Grundlage für deinen Whisky", ergänzt Old Bat.

„Makkaroni hat Recht. Wenn Ironbite baut, bringt es uns Geld und Arbeitsplätze", bemerkt der Maurer McBrick.

Molly Flash, der Elektriker, nickt zustimmend.

„Das Grundstück ist seit fünfhundert Jahren im Familienbesitz", sagt Jeremy. „Da war noch nie ein Hotel, und da kommt auch keins hin. Da kann sich dieser neureiche Kerl auf den Kopf stellen und mit den Ohren wackeln. Mein Land bekommt er nicht!"

„Beim heiligen Patrick! Hört auf zu lästern. Da kommt er!“, flüstert Old Bat halblaut. Tatsächlich kommt jetzt Ironbite zur Tür herein – zusammen mit seiner hübschen Frau Melissa, einer rotblonden Irin.

Auch Fanny und Franz sind die neuen Gäste nicht entgangen.

„Wer ist das?“, erkundigt sich Fanny halblaut.

„Das ist dieser Millionär aus Amerika mit seiner Frau Melissa“, raunt ihr Franz zu.

Fanny ärgert sich über die bewundernden Blicke, die Franz zu der rotblonden Frau hinüberschickt. Und diese Melissa lächelt zu allem Überfluss zurück! Und überhaupt: Woher weiß Franz, dass sie Melissa heißt?

„Kennst du die beiden näher?“, erkundigt sich Fanny spitz.

„Kennen? Ach was. Ich sehe sie eben zum ersten Mal“, behauptet Franz, und Fanny spürt mit dem Instinkt einer klugen Frau, dass er nicht die Wahrheit sagt …

Eine stürmische Nacht

Normalerweise macht es Lucy nichts aus, allein zu Hause zu sein. Aber heute ist es anders. Es stört sie sehr, dass ihre Mutter immer mehr Zeit mit Franz verbringt. Lucy geht in ihr Zimmer. Sie trödelt herum. Sie räumt auf. Sie sieht ein bisschen fern. Es ist schon fast Mitternacht. Aber sie hat immer noch keine Lust zu schlafen.

Sie springt aus dem Bett und schlüpft in ihren schwarzen Bademantel mit dem roten Frotteefutter. Ein Weihnachtsgeschenk von Franz! Als sie sich daran erinnert, ist sie drauf und dran, ihn wieder auszuziehen.

Aber dann findet sie sich selbst albern. Schließlich ist es kühl, und sie fröstelt. Soll sie sich wegen Franz auch noch erkälten?

Lucy zieht ihre roten Pantoffeln an und geht ins Badezimmer. Das tut sie oft um Mitternacht, weil es ihr Spaß macht zu sehen, wie ihre kleinen Vampirzähne zum Vorschein kommen und wie ihr

Spiegelbild langsam, ganz langsam verschwindet. Dann ist sie ein Vampir – genau gesagt ein Halbvampir, denn frühmorgens verwandelt sie sich wieder in ein ganz normales Mädchen.

Aber nachts kann sie sogar fliegen – allerdings nur mit einem Flugbesen und mit Genehmigung ihrer Mutter. Und die hat ihr für den ganzen Winter strengstes Flugverbot erteilt.

Lucy fand es erst sehr lustig, ein Vampir zu sein. Aber jetzt stört es sie oft. Sie kann nie bei Alice, Roxane oder einer anderen ihrer Freundinnen übernachten. Auch wenn sie älter ist. Denn Fanny hat ihr eindringlich klar gemacht, dass es für sie lebensgefährlich wäre, wenn andere von ihrem Geheimnis erführen.

Endlich schlägt die Standuhr in der Eingangshalle Mitternacht. Lucy starrt in den Spiegel und beobachtet, wie sich ihr Ebenbild mehr und mehr verwischt. Etwa so, wie wenn der heiße Wasserdampf nach dem Duschen die Scheiben beschlägt. Es ist ein Gefühl, als entferne sie sich von sich selbst. Jetzt ist sie aus dem Spiegel verschwunden! Lucy kneift sich in die linke Backe. Ja, sie ist trotzdem noch da! Sie fühlt mit dem Zeigefinger nach den kleinen Eckzähnen, die an allem schuld sind. Auch sie sind da und beweisen, dass Lucy anders ist als andere Kinder.

Einen Augenblick überlegt Lucy, ob sie einen kleinen Ausflug machen soll, auch wenn sie eigentlich nicht darf. Vielleicht einfach mal nach Little Riddle am Griddle fliegen und in die Fenster sehen, was in den Häusern so los ist? Das wäre sicher lustig …

Da zerreißt ein Blitz den Himmel. Ein mächtiger Donnerschlag poltert gleich hinterher. Ein Wintergewitter. Nein, das ist nicht gerade einladendes Flugwetter!

Ein wenig Schadenfreude überkommt sie bei dem Gedanken an Fanny und Franz. Die werden auf ihrem nächtlichen Ausflug so nass wie Badeschwämme werden! Selber schuld!, denkt Lucy und ihre Laune bessert sich.

Sie weiß jetzt, was sie tun will: Sie wird in die Bibliothek gehen, den Kamin anzünden und noch ein bisschen lesen. Am liebsten eine schöne gruselige Geistergeschichte ...

Lucy will sich gruseln

Lucy knipst die kleine Stehlampe neben dem gemütlichen Schaukelstuhl mit dem roten Samtpolster an. Im Kamin ist noch Glut. Sie legt ein paar Holzscheite darüber. Ein bisschen Luft mit dem Blasebalg hineingeblasen! So, jetzt prasselt das Feuer ordentlich!

Lucy starrt eine Weile gebannt ins Feuer. Es fasziniert sie, mit welcher Gier die goldroten Flammenzungen die Holzscheite belecken, bis sie zu glühen anfangen. Die Flammen verändern sich ständig und lassen sich nicht in eine Form pressen, genau wie Wolken und Wind – oder wie ein zwölfjähriges Kind.

Lucy mustert die riesige Bücherwand, die den Raum an drei Seiten umrahmt. Welches der tausend Bücher könnte sie lesen? Fast alle haben die gleichen langweiligen braunen Lederrücken und sehen nicht gerade aufregend aus.

„Alice im Wunderland“ liegt noch auf dem Tisch.

Ein tolles Buch! Sie hat es von ihrer Freundin Roxane ausgeliehen und schon dreimal gelesen. Aber jetzt soll es einmal etwas ganz anderes sein. Etwas, was zu diesem Abend passt. Märchen von Wetterhexen, Sagen von Moorgeistern, Drachen, Monstern. Sie will sich gruseln! Gibt es hier keine Bücher über Vampire und Gespenster?

Sie klettert auf die Leiter und stöbert in den oberen Regalfächern. Dort entdeckt sie ein dickes Buch über Fledermäuse.

CHIROPTERA: Fledertiere steht auf dem Buchrücken. Das klingt interessant.

Sie klemmt das Buch unter den Arm, steigt vorsichtig die Leiter hinunter, setzt sich wieder in ihren Schaukelstuhl und beginnt zu schmökern.

„Die Fledermaus gehört zur Familie der Kleinflattertiere (Microchiroptera). Es gibt über achthundert verschiedene Arten. Man findet sie in allen Teilen der Erde, nur nicht am Nord- oder Südpol.“

Klar, denkt Lucy. Da wären sie ja ständig im Winterschlaf, bei der Kälte!

Sie blättert weiter und studiert die Abbildung eines Fledermausskeletts. Dabei stellt sie überrascht fest, dass der Fledermausarm ähnlich aufgebaut ist wie der des Menschen: Er hat einen Oberarm, einen Unterarm und fünf Finger.

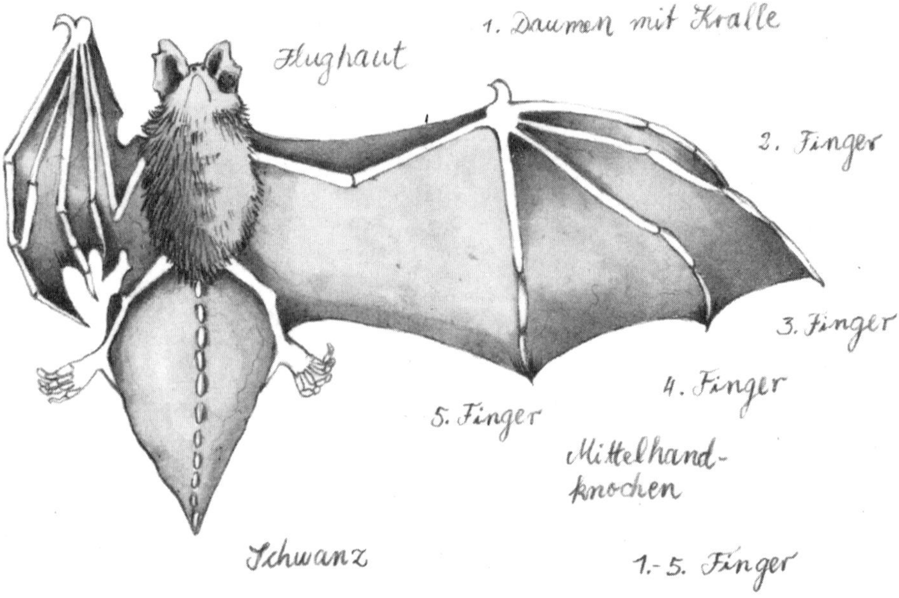

Lucy blättert weiter und liest:

„Fledermäuse sind dämmerungs- und nachtaktiv. Beutetiere werden auch bei völliger Dunkelheit wahrgenommen, denn Fledermäuse ‚sehen' sogar, wenn man ihnen die Augen verbindet."

Lucy lächelt. Mit Fledermäusen kennt sie sich aus. Sie weiß, wie Fledermäuse „sehen". Sie stoßen mit Mund oder Nase Ultraschallwellen aus, die von Wänden oder Gegenständen zurückgeworfen werden. So können sie sich orientieren. Ähnlich wie U-Boote mit einem Echolot. Außerdem sind es die einzigen Säugetiere der Welt, die fliegen können.

Jemand hat an den Buchrand gekritzelt:

vgl. Experiment Desmodus Seite 51

Ist das nicht die Handschrift von Onkel Frank? Und Desmodus – das war doch der berühmte Zauberer mit den Fledermausohren, der die Flugtechnik für Vampire erfand. Und Vampire sind schließlich auch Säugetiere oder besser: Saugetiere. Ein Lächeln huscht über ihr Gesicht.

Mit Spannung liest Lucy das Kapitel über Großfledertiere. Boah! Es gibt eine australische Gespensterfledermaus *(Macroderma gigas)*, fliegende Füchse und Flughunde, die eine Flügelspannweite von bis zu eineinhalb Meter haben! Das ist riesig! Ob sie sich einen Flughund zum Geburtstag wünschen soll? Da steht allerdings, dass Flughunde am liebsten in den Tropen leben. Die würden es in Schottland wohl höchstens mit einem dicken Pullover, Mütze und Schal aushalten.

Ob es hier auch Bücher über Vampire gibt? Dort oben in der Ecke vielleicht? Da ist das Regal vom häufigen Anlegen der Leiter richtig abgenutzt. Das müssen besonders interessante Bücher sein …

Lucy holt die Bibliotheksleiter hinter der Gardine hervor und klettert hinauf. Auf einem der Bücher ist eine kleine goldene Vampirfledermaus in den Lederrücken geprägt. Das sieht interessant aus.

Edm. S. Dosu – Vampir-Presse, 21 steht auf dem Buchrücken. Was bedeutet das? Ist das der Verlag? Gibt es etwa noch zwanzig weitere Bände?

Sie will das Buch herausholen, aber es lässt sich nicht bewegen. Der Buchrücken ist festgeklebt! Und der Buchrücken rechts und links daneben auch. Lucy klopft an die Buchrücken. Dahinter klingt es hohl. Das sind gar keine echten Bücher! Nur Buchrücken, die auf einer Holzplatte festgeklebt sind. Bestimmt steckt ein Geheimfach dahinter! Die gibt es in alten Bibliotheken öfter. In Großvater Maculas Arbeitszimmer in Transsilvanien gab es auch Geheimtüren und Geheimschränke.

Aber wie bekommt man dieses Geheimfach auf? Vielleicht gibt es irgendwo einen Hinweis?

Lucy hat bei ihrer abenteuerlichen Entdeckungsreise gar nicht bemerkt, wie die Zeit verflogen ist. Auf einmal hört sie ein Motorengeräusch.

Verflixt! Es ist schon drei Uhr und das ist das Motorrad von Franz! Mama kommt zurück! Wenn sie merkt, dass Lucy noch nicht im Bett liegt, gibt's ein schönes Donnerwetter!

Lucy stolpert zum Sessel, klemmt sich hastig „Alice im Wunderland“ unter den Arm, kuschelt sich in das rote Polster und stellt sich schlafend.

„Lucy, mein Kind!“, ruft Fanny besorgt, als sie, angelockt durch das Licht, in die Bibliothek kommt. „Was ist los mit dir?“

„Ich, ich ... muss beim Lesen eingeschlafen sein“, sagt Lucy und reibt sich scheinheilig die Augen.

„Jetzt aber ab ins Bett mit dir!"

Lucy huscht eilig in ihr Zimmer. Sie kann lange nicht einschlafen. Noch im Traum verfolgt sie der geheimnisvolle Buchrücken.

Während Lucy schläft, kannst du schon mal Buchstaben würfeln: Wofür steht Edm. S. Dosu?

Das Buch des Desmodus

Als Lucy am nächsten Morgen erwacht, weiß sie, was sie tun muss. Des Rätsels Lösung ist so einfach! Warum ist sie nicht vorher draufgekommen? „Vampir-Presse“ ist nicht der Name des Verlages. Es bedeutet: presse Vampir! Man muss die beiden Wörter nur umdrehen und das zweite vor dem ersten lesen. Deshalb steht darunter 21! Zwei vor eins! Man muss auf die kleine Fledermaus drücken, um das Geheimfach zu öffnen. Deshalb ist der Buchrücken an der Stelle auch so abgegriffen!

Lucy vergewissert sich, dass Fanny noch schläft. Dann schleicht sie sich wieder in die Bibliothek und drückt mit dem Zeigefinger fest auf den breiten Buchrücken. Genau dort, wo man den kleinen goldgeprägten Vampir erkennen kann. Es ertönt ein knackendes Geräusch. So als ob ein Schloss aufschnappt.

Da! Ein Teil des Bücherregals dreht sich zur Seite wie eine Flügeltür und gibt einen flachen

Wandschrank frei. In diesem liegt nur ein einziges Buch. Lucy nimmt es heraus und bläst den Staub weg.

Vesuvio Desmodus 1517 steht auf dem Umschlag. Der Rest ist unleserlich.

Desmodus? Das hat sie doch gestern schon irgendwo gelesen? Richtig, als Notiz in einem der Fledermausbücher. Und um den Namen zu verschlüsseln, muss man nur die Buchstaben durcheinanderwürfeln und man erhält „Edm. S. Dosu"!

Als Lucy das Buch öffnet, sieht sie, dass die Seiten nicht bedruckt, sondern mit der Hand beschrieben sind. Dazwischen sind immer wieder geheimnisvolle Zeichen und Zeichnungen. Das muss sie sich in aller Ruhe ansehen!

Lucy drückt die Geheimtür wieder zu. Sie läuft in ihr Zimmer und trägt das Buch vor sich her wie einen kostbaren Schatz. Schnell schlüpft sie wieder ins Bett und blättert behutsam die uralten Seiten um. Ihre Finger zittern vor Aufregung. Wahnsinn! Desmodus hat in diesem Buch all seine wissenschaftlichen Untersuchungen über Vampire festgehalten.

Auf Seite 51 stehen tatsächlich Experimente mit Fledermäusen. Danach kommen Rezepte für allerlei Mittelchen, Pillen, Tees und Tränke. Aber das Spannendste steht auf Seite 113: „Vom Halbvampir zum Vollvampir!“

Es ist ein ziemlich blutiges Kapitel.

Mühsam entziffert Lucy als Nächstes den Absatz „Entvampirisierung“ auf Seite 127. Da wird genau beschrieben, wie man allmählich seine vampirischen Eigenschaften verlieren kann: durch eine Entziehungskur mit Tomatensaft und einer Substanz, die als Faktor K bezeichnet wird. Was, zum Teufel, ist nun wieder Faktor K?, grübelt Lucy.

Dass Halbvampire Tomatensaft trinken müssen, wenn sie nicht zu Vollvampiren und Nachtbeißern werden wollen, weiß sie inzwischen von ihrer Mutter. Aber dass auch das Ansetzen von Blutegeln entvampirisierend wirkt, ist ihr neu.

Lucy entnimmt den Aufzeichnungen, dass sie und ihre Mutter eigentlich schon fast Viertelvampire sind, da sie ausschließlich Tomatensaft trinken und kein einziges Tröpfchen Blut! Als sie sich neulich in den Finger schnitt, erlaubte ihr Fanny nicht einmal, den Finger abzuschlecken. Sie musste ihn gleich unter kaltes Wasser halten und verbinden. Nun weiß Lucy auch, warum: Selbst eine minimale Dosis Blut wirft einen Viertel- oder Halbvampir um Jahre zurück!

Normalerweise wäre Lucy zu ihrer Mutter gelaufen und hätte ihr begeistert von dieser Entdeckung berichtet. Aber jetzt gibt es ja diesen Franz. Und Lucy ist sicher, dass Fanny ihm diese Geschichte brühwarm weitererzählen würde.

Lucy traut Dr. Acula nicht über den Weg. Ein wichtiges Geheimnis wie dieses möchte sie jedenfalls nicht mit ihm teilen! Mit dem nicht!

Was ist Faktor K?

Lucy überlistet Franz

Es fällt Lucy schwer, ihre Entdeckung für sich zu behalten. Also beschließt sie, in einem geeigneten Moment doch mit ihrer Mutter darüber zu sprechen. Am Samstagabend, wenn sie gemütlich vor dem Kamin sitzen vielleicht. Fanny hat versprochen, mit ihr Backgammon zu spielen, bis die Augen zufallen.

Aber am Samstag Abend nach dem Essen klingelt das Telefon.

„Tut mir leid, mein Schatz. Ich muss rasch noch mal weg!", sagt Fanny und hebt bedauernd die Schultern. „Es war Franz. Er hat gesagt, es ist ganz wichtig!"

Lucy verdreht die Augen. „Wenn der anruft, ist es doch immer wichtiger als ich!"

„Das darfst du so nicht sagen!", erwidert Fanny bekümmert. Sie merkt, dass Lucy wirklich unglücklich ist. „Ich werde mit Franz einiges klären, und dann werde ich von jetzt an wieder mehr bei dir zu Hause sein. Das verspreche ich dir!“

Ein Versprechen ist nur ein halber Trost, denkt Lucy, als die Mutter aus der Tür geht.

Ob sie Alf anrufen soll? Sie hat ihm eine Abschrift des Zettels mit der Fledermausgeheimschrift gegeben. Er war gleich Feuer und Flamme und wollte sein Bestes tun, um sie zu entziffern. Als leidenschaftlicher Leser von Spionagekrimis witterte er gleich einen geheimnisvollen Fall dahinter. Das ist natürlich Unsinn! Heute Morgen in der Schule hat er ihr zugeflüstert, dass er mit dem Entschlüsseln noch nicht weitergekommen ist.

Lucy macht sich keine Sorgen: Wenn einer die Schrift entziffern kann, dann Alf. Der ist ein ziemlicher Schlaukopf und hat neulich sogar ein Buch über ägyptische Hieroglyphen gelesen. Diese geheimnisvollen Zeichen konnte man auch lange Zeit nicht entschlüsseln. Vielleicht hat er inzwischen etwas über die Fledermausforschergeheimzeichensprache herausgefunden?

Lucy greift nach dem Hörer. Aber sie erreicht nur den Apotheker McPill. Sein Sohn Alf ist beim

Hallenhockey. Irgendein Wochenendturnier. So ein Pech.

Lucy verzieht sich in ihr Zimmer, streichelt Mausi zärtlich am Kinn und entlässt sie aus dem Fenster zum Nachtausflug: „Pünktlich zum Frühstück bist du zurück, verstanden?“

Jetzt ist sie ganz allein. Sie stellt den leeren Käfig in die Ecke und schlüpft unter die Bettdecke. Aber sie kann wieder nicht einschlafen. Sie muss immer an Mama denken und daran, was Franz wohl Wichtiges mit ihr zu besprechen hat. Er wird sie doch nicht am Ende heiraten wollen? Ein Schreck durchzuckt Lucy bei dem Gedanken, dass Franz Acula ihr Stiefvater werden könnte. Dann würde er womöglich alles mitbestimmen wollen, was sie tut. Das wäre ja entsetzlich!

Irgendwann schläft Lucy ein. Sie träumt von einem roten Drachen im Hochzeitskleid, der ein bisschen wie Fanny aussieht, von einem kleinen gelben Drachen, der weinend die Schleppe trägt, und von einem pechschwarzen Ritter auf einem feurigen Pferd …

Als Lucy am nächsten Morgen erwacht, steht Fanny vor ihrem Bett und sagt: „Meine Güte! Du hast ja geschlafen wie ein Murmeltier! Komm rasch, das Frühstück ist längst fertig!“

Lucy klettert aus dem Bett. Sie schlüpft in ihren roten Bademantel und läuft in die Küche, wo auf dem gemütlichen blank gescheuerten Tisch aus Buchenholz das Frühstück hergerichtet ist. Die heiße Schokolade duftet, und Fanny hat Brötchen aufgebacken. Aber Lucy starrt nur trüb in ihre Tasse. Als Fanny den Tomatensaft vor sie hinstellt, wirft sie ihrer Mutter einen vielsagenden Blick zu.

„Was ist mit dir? Du bist so schweigsam, mein Kind“, sagt Fanny schließlich. Sie macht sich jetzt wirklich Sorgen.

„Ach nichts“, antwortet Lucy wie alle Kinder, die Kummer haben. „Kommt Franz heute Abend wieder?“

„Ja, stört es dich sehr?“

Lucy antwortet nicht.

„Ich glaube, ich weiß schon, wo dich der Schuh drückt!“, sagt Fanny und legt den Arm um ihre Tochter. „Und ich kann dir etwas sagen, was dich vielleicht freuen wird. Franz wird eine große Reise machen, und wir werden uns eine ganze Weile nicht sehen. Darum habe ich ihn heute zum Abschiedsessen eingeladen."

„Er fährt weg? Wirklich?" Die Erleichterung ist Lucy deutlich anzumerken. „Ist es das, was er dir unbedingt sagen wollte?"

„Unter anderem", entgegnet Fanny etwas ausweichend und ordnet die Schale mit den roten Rosen, die in der Mitte des Tisches steht. „Außerdem hab ich ihm wegen verschiedener Dinge einmal gründlich die Meinung gesagt. Zum Beispiel, dass ich es nicht leiden kann, wenn man mich anschwindelt. Er war hinterher richtig eingeschnappt. Nun, vielleicht kommt er ja gar nicht."

Lucys schlechte Laune ist wie weggeblasen. „Fährt er weit weg?", erkundigt sie sich.

„Zu einem – äh – Zahnärztekongress nach Budapest." Dann wechselt Fanny rasch das Thema.

Als Franz am Abend kommt, hat er blendende Laune. Er schenkt Fanny ein großes rotes Luftballonherz mit einer Fledermaus drauf.

Lucy hat er eine Schneekugel mitgebracht: Unter der Plastikhaube lehnt ein kleiner Teufel an einer Laterne. Wenn man die Kugel schüttelt, steht der Teufel im Schneegestöber.

„Ein bisschen kitschig, nicht? Aber witzig. In Swindle war Wintermarkt. Da konnte ich nicht widerstehen!“, entschuldigt sich Franz.

Lucy versteht nicht, warum Fanny etwas spitz fragt, ob er in Swindle die Ironbites besucht hat.

„Aber Fanny, wirklich: Ich hab mit diesen Leuten nichts zu tun“, beteuert Franz und wechselt rasch das Thema. „Von wem sind übrigens diese hübschen Rosen?“

„Von Jeremy Fiddich, einem treuen Verehrer“, sagt Fanny.

„Jeremy Fiddich? Der Whiskybrenner?“, schnaubt Franz verächtlich. „Das ist doch ein schottischer Dickschädel, wie er im Buch steht! Der soll sich lieber um sein Geschäft kümmern. Ich kann ihn nicht ausstehen.“

„Wohl eifersüchtig, was?“ Fanny lächelt verschmitzt und verschwindet in der Küche.

Mit einer dampfenden Schüssel kommt sie wenig

später zurück. Es gibt Spaghetti mit Vampirapfelmus als Vorspeise. Vampirapfelmus ist eigentlich das Gleiche wie Ketchup. Alles, was mit Tomaten zusammenhängt, mögen Vampire nämlich besonders gern. Daher nennt man in Fannys Heimatdorf in den Karpaten die Tomaten auch liebevoll Vampiräpfelchen. Lucy lädt sich gierig eine ordentliche Portion von der leckeren roten Soße auf den Teller.

Franz hat Rotwein mitgebracht: Transsilvaner Spätlese. „Etwas ganz Besonderes!“, sagt er und öffnet die Flasche mit einem deutlich vernehmbaren *Plopp!*

„Pass auf das frische Tischtuch auf!“, mahnt Fanny, als er den Wein in die Gläser füllt. Lucy trinkt lieber Traubensaft.

Dann geht Fanny in die Küche, um die Pfeffersteaks zu braten.

„Meins gut durch!“, ruft Lucy. Franz mag sein Steak lieber blutig.

Typisch!, denkt Lucy und räumt die leeren Teller ab.

Als sie ins Zimmer zurückkommt, sieht sie, wie

Franz aus einem Glasröhrchen eine rote Flüssigkeit in Fannys Rotweinglas tröpfelt.

Schlagartig wird ihr klar, was er vorhat!

Er kennt das Geheimnis des Desmodus! Das sind Blutstropfen und er möchte Fanny wieder zu einem Vollvampir machen und sie selbst womöglich auch! Das ist also sein Plan!

In kritischen Situationen behält Lucy immer einen klaren Kopf. Sie tut, als habe sie nichts bemerkt. Aber sie weiß genau, wie sie Franz einen Strich durch seine böse Rechnung machen kann: Sie wird ihn mit seinen eigenen Waffen schlagen!

„Könntest du bitte die Bratkartoffeln holen? Die Schüssel ist höllisch heiß, und ich habe Angst, dass ich sie fallen lasse!“, sagt sie zu Franz.

„Aber selbstverständlich!“, versichert Franz hilfsbereit und geht in die Küche. Es liegt ihm viel an einem guten Verhältnis zu Fannys Tochter. Und vor allem liegt ihm daran, dass der Abend erfolgreich verläuft. Er hat eine Menge Ärger mit seinem Chef Vaclav Dragomir vom transsilvanischen Geheimdienst bekommen. Dragomir ist stinksauer, weil er es immer noch nicht geschafft hat, die beiden Damen zu Vollvampiren zu machen.

Kaum hat Franz ihr den Rücken zugedreht, vertauscht Lucy die beiden Gläser. Dabei fällt ihr Blick auf einen Zettel am Boden. Der muss Franz beim Aufstehen aus der Hosentasche gefallen sein! Schnell hebt Lucy ihn auf. Boah! Da sind wieder diese komischen Zeichen!

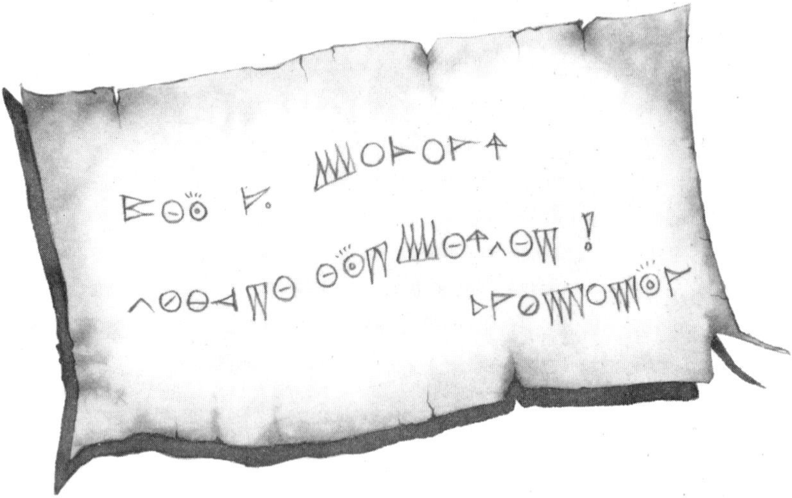

Lucys Gedanken überstürzen sich fast. Also kennt auch Franz diese geheimnisvolle Schrift! Wie kommt er zu diesem Zettel? Gehört er etwa auch zum Fledermausforscher-Club? Wohnt er vielleicht deshalb in der alten Mühle, weil es dort jede Menge Fledermäuse gibt? Oder steckt etwas ganz anderes dahinter? Wenn sie nur endlich diese blöde Geheimschrift lesen könnte!

Lucy schiebt den Zettel weit unter den Tisch. Falls Franz ihn vermisst, wird er ihn dort finden. Falls nicht, wird sie sich diese seltsamen Zeichen später genauer ansehen und gemeinsam mit Alf so lange knobeln, bis sie ihre Bedeutung herausgefunden hat!

Einem Geheimnis auf der Spur?

Fanny und Lucy begleiten Franz am Montagnachmittag zum Bahnhof von Little Riddle am Griddle. Als sie an McPills Apotheke vorbeikommen, holt sich Franz rasch ein paar Tabletten. Er hat Bauchschmerzen und einen ganz ausgedörrten Hals.

„Ich hab ständig Durst! Ich muss mich gestern erkältet haben!“, hüstelt er mit rauchiger Stimme.

Apotheker McPill empfiehlt seine rote Gurgeltinktur namens Hextotal. Er sieht Franz dabei mit einem Blick an, der verrät, dass er ihm lieber Zyankali verkauft hätte, und sagt: „Hexen kann man damit allerdings nicht. Und eine anständige Erkältung dauert eben mindestens eine Woche, ganz gleich, was man dagegen unternimmt.“

„Haben Sie Ratzeputz-Lutschtabletten?“, erkundigt sich Franz. „Bin total ausgetrocknet!“

McPill gibt ihm eine Schachtel mit roten Dragees und bemerkt: „Sie wissen ja, Doktor: keinesfalls beißen!“

„Wieso?", fragt Franz irritiert.

„Er meint die Tabletten", flüstert Fanny.

Franz bezahlt hastig und verlässt den Laden. In diesem Augenblick kommt Alf herein. „Hallo, Lucy!", ruft er überrascht und hält sie am Regenmantel fest. „Was machst du denn hier? Ich wollte dich gerade anrufen. Wir treffen uns alle um drei bei Roxane. Es gibt etwas Wichtiges zu besprechen. Kommst du?"

„Na klar!", sagt Lucy. „Wir müssen allerdings vorher den da zur Bahn bringen!" Sie macht eine Kopfbewegung zur Seite.

Draußen vor der Apotheke stehen Fanny und Franz eng eingehakt unterm Regenschirm und warten ungeduldig.

Lucy verabschiedet sich eilig und flüstert Alf zu: „Ich muss weiter. Aber wir sehen uns nachher bei Roxane! Ich hab einen neuen Geheimschriftzettel für dich! Er stammt von Franz!"

„Von Franz? Mann, was hat der denn mit der Sache zu tun?", staunt Alf. Aber Lucy hat für eine Antwort keine Zeit mehr, weil Fanny ungeduldig nach ihr ruft.

Alf schaut den dreien neugierig nach. Dieser Dr. Acula ist schon ein seltsamer Kauz! Sieht wie ein echter Geheimagent aus: der dunkle Umhang, der schwarze Hut mit der breiten Krempe, der lange Schal, der Aktenkoffer, der Schirm mit dem Silberknauf. Fehlen nur noch eine Sonnenbrille und ein geheimnisvoller Deckname, denkt Alf. Hätte ich mir gleich denken können, dass er bei diesen Geheimbotschaften seine Hand im Spiel hat.

Alf hat eine blühende Fantasie. Kein Wunder, dass sich in seinem Kopf jetzt ein richtiger Agentenkrimi zusammenspinnt.

Nur ungern geht er in die Apotheke zurück, um seinem Vater, Alf dem Zehnten, beim Auspacken der neuen Lieferung zu helfen. Er selbst wird übrigens „Alf der Elfte" genannt, weil er der Elfte in der Familie ist, der den Namen Alfons trägt. Alf beeilt sich, weil er außerdem noch seine Blutegel versorgen muss, ehe er sich aufs Rad schwingen und zu Roxane fahren kann.

Grauer Nieselregen fällt auf die Bahnstation, als Franz Acula und seine beiden Begleiterinnen dort

ankommen. Das Gebäude ist baufällig und bietet selbst bei Sonnenschein einen traurigen Anblick.

Franz sieht ungeduldig auf die Uhr. Der Zug hat schon zehn Minuten Verspätung. Der Regen wird heftiger. Das undichte Lattendach am Bahnsteig bietet nur wenig Schutz. Da künden ein Fauchen und Pfeifen die Ankunft des Zuges an. Endlich hält die altersschwache Lok mit quietschenden Bremsen am Bahnsteig.

Franz verabschiedet sich und steigt ein. Lucy und Fanny winken ihm nach, als der Zug sich entfernt. Am Schluss sieht man nur noch einen kleinen fauchenden Punkt. Nicht viel größer als eine qualmende Erbse.

Nun ist er weg!, denkt Lucy erleichtert. Und ehe er wiederkommt, muss ich ein ernstes Wort mit Mama reden. Unbedingt!

„Lucy, wollen wir zwei gemütlich Tee zusammen trinken?“, fragt Fanny, als könnte sie Gedanken lesen.

„Ich muss zu Roxane. Da treffen sich Alf, Alice und die anderen“, sagt Lucy.

„Siehst du, jetzt ist es umgekehrt: Jetzt hast du

keine Zeit für mich!“, antwortet Fanny und verschwindet lachend im Regen.

Lucy rennt, so schnell sie kann, zum Haus der Familie Stamp. Die wohnen gar nicht weit vom Bahnhof entfernt. Roxane und einige andere Klassenkameraden erwarten sie schon. Zum Schluss kommt Alf. „Na, seid ihr ihn los, euren Zahnklempner?“, erkundigt er sich.

Lucy nickt stumm.

„Ich kann ihn nicht leiden!“, sagt Alice. „Er hat mir eine hässliche Zahnspange verpasst.“

„Ich finde, er sieht irgendwie unheimlich aus. Dieser dunkle Umhang und der Hut!“, sagt Willi McBrick.

„Ich finde, er sieht aus wie ein Geheimagent“, stellt Alf fest.

„Ich finde es gemein, dass ihr so über einen sprecht, bloß weil er Zahnarzt ist“, sagt Roy. „Erst müssen wir ihm etwas nachweisen können.“

„Roy hat Recht“, meint Rita. „Was wissen wir denn schon über ihn?“

„Ich glaube, Lucy kann uns etwas erzählen!“ Alf wirft Lucy einen auffordernden Blick zu.

„Soll nicht erst Roxane sagen, warum sie uns gerufen hat?“, schlägt Lucy vor.

„Also gut, dann schieß schon los, Roxane“, brummt Alf.

„Ich muss euch etwas erzählen, was ich eigentlich nicht verraten darf“, beginnt Roxane. „Es hängt mit dem Briefgeheimnis zusammen. Ich hab gestern Papa beim Sortieren der Post geholfen. Da kam ein altmodisches Fax für Acula. ‚Wieder so eins, das man nicht lesen kann!‘, hat mein Vater gesagt. ‚Warum können nicht alle Leute die gleiche Sprache sprechen?‘ Mein Vater denkt nämlich, dass dieses Fax auf Rumänisch geschrieben ist. Dr. Acula bekommt öfter Post oder Päckchen aus Rumänien. Aber ich finde, es sieht eher wie eine Geheimschrift aus. Papa sagt, das geht mich nichts an und ich darf mit keinem drüber sprechen. Briefgeheimnis, wie gesagt, na ja.“

„Aber du hast uns doch nicht gerufen, weil du nichts weißt?“, schließt Alf messerscharf. „Was stand in diesem Fax?“

„Ich hab es für euch kopiert“, sagt Roxane. „Aber leider nicht kapiert!“

Roxane zieht einen Zettel aus der Hosentasche.

„Zeig her!“, sagt Alf. Er studiert den Zettel fachmännisch. Überrascht sieht er auf. „Das ist nicht Rumänisch. Das ist tatsächlich eine Geheimschrift! Kommt mir sehr bekannt vor. Dir auch?“

Er schiebt Lucy den Zettel hin.

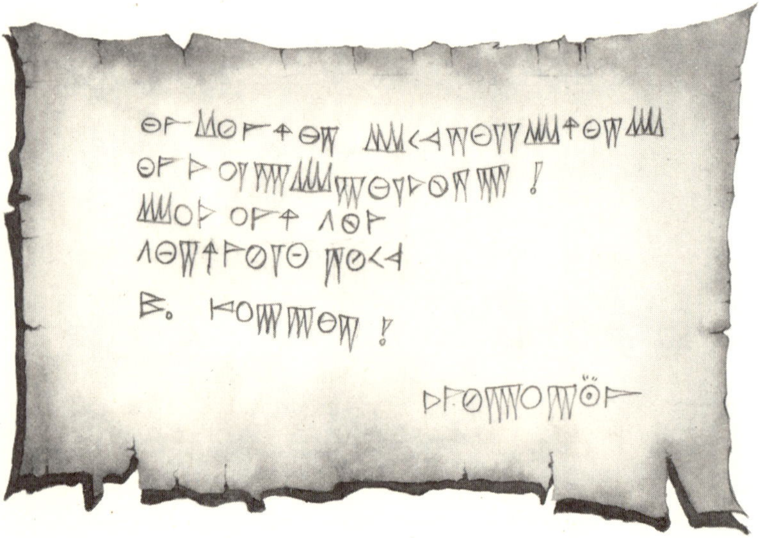

„Das ist die Fledermaus-Geheimschrift“, murmelt Lucy.

„Ich wusste doch, dass Acula ein Agent ist!“, ruft Alf triumphierend. Er sieht Lucy bedeutungsvoll an. „Sag’s ihnen!“

Lucy erzählt von der Fledermaus-Brieftaube und den Geheimbotschaften. Und dann gibt sie Alf auch den neuen Zettel, den Franz beim Abendessen verloren hat.

„Sieht tatsächlich so aus, als ob der Zahnarzt in eine geheimnisvolle Sache verstrickt ist“, räumt nun auch Roy ein. „Wie weit bist du denn schon mit deinen Entschlüsselungsversuchen, Alf?“

„Leider noch nicht sehr weit. Ich vermute, dass es verschlüsselte Klarschrift ist, keine Bilderschrift. Das heißt, jedes Zeichen steht für einen Buchstaben aus dem Alphabet. Da es fünf verschiedene Kreiszeichen gibt, nehme ich an, dass das die Vokale sind. Am Ende steht jeweils ein Einzelwort. Immer dasselbe. Wahrscheinlich der Absender!“ Er studiert den neuen Zettel, den ihm Lucy gegeben hat und deutet auf das letzte Wort:

„Zum Schluss stehen die gleichen acht Zeichen wie auf Lucys Botschaft!“

„Der Absender hat demnach einen Namen mit acht Buchstaben und drei Vokalen?“, folgert Roy.

„So könnte es sein“, entgegnet Alf nachdenklich. „Es kann natürlich auch ein Deckname sein, wie bei Agenten üblich.“

„Sieht wie ein langer Fisch aus!“, findet Roxane. „Vielleicht ist es Anglerlatein?“

„Am Ende steckt vielleicht bloß ein Brief-Fledermaus-Forscherverein oder ein Club schrulliger Zahnärzte dahinter, die auf diese verrückte Art Nachrichten austauschen.“ Lucy versucht, die Angelegenheit herunterzuspielen. „In der Mühle, in der Franz wohnt, gibt es nämlich viele Fledermäuse. Vielleicht ist Franz Acula einfach ein Fledermausfan so wie ich?“

„Ich tippe auf einen gefährlichen Agentenring“, beharrt Alf. Und die anderen teilen seine Meinung. Bis auf Roy.

„Lucy hat Recht. Das wissen wir erst, wenn wir die Geheimschrift ganz entziffert haben“, sagt er.

„Übrigens: Ich habe auch eine Neuigkeit“, verkündet Alice, die Tochter des Bürgermeisters McRony. „Wir bekommen ein Schwimmbad! Ich habe gehört, wie Papa und noch ein paar andere über Mr Ironbite gesprochen haben. Er hat die große Gemeindewiese hinter dem Wald gekauft, auf der wir immer unser Pfadfinderlager machen. Er will dort ein Feriendorf mit einem Hallenbad bauen!“

„Find ich Klasse“, sagt Roy.

„Bestimmt ist das Bad nur für seine Hotelgäste“, befürchtet Roxane.

„Papa Makkaroni sagt, viele Einheimische sind sowieso gegen das Feriendorf. Sie haben Angst, dass zu viele Touristen kommen. Von hier ist es ja nicht weit nach Loch Ness, und das ist schließlich weltbekannt. Ironbite will auch einen Supermarkt bauen. Aber Barney fürchtet, dass der eine Konkurrenz für seinen Kramladen wird. Und das Hotel ‚Zur wilden Nessie‘, das am Griddle entstehen soll, wäre eine Konkurrenz für Old Bats ‚Fledermaus‘. Aber Papa sagt, Touristen bringen auch Geld, und das kann die Gemeinde dringend brauchen.“ Alices Bericht ist zu Ende.

„Jeremy Fiddich ist jedenfalls wütend und will sein Grundstück für das Hotel nicht verkaufen!“, berichtet Roy. „Sein Vater würde sich im Grab umdrehen, wenn er das täte, hat Jeremy zu meinem Vater gesagt."

„Woher hat dieser Mr Ironbite nur das viele Geld?", staunt Roland.

„Keine Ahnung. Mein Papa wundert sich auch darüber. Angeblich hat er eine Ölquelle in Texas. Neulich hat Ironbite Wertpapiere für eine Million Pfund bei Papa im Rathaustresor deponiert! Als Sicherheit für die Grundstücke, die er von der Gemeinde kaufen will."

„Mann, eine ganze Million?", staunt Alf. „Ich hätte zu gern mal eine Million gesehen."

„Du wärst enttäuscht. Es ist nur ein kleines Köfferchen voll Papier!", sagt Alice. „Aber erzählt davon bloß nichts weiter. Sonst kriege ich Ärger mit Papa Makkaroni!"

„Ich bleib dran!", versichert Alf beim Abschied und klopft auf seine Hosentasche, in der die Zettel mit der Geheimschrift stecken. „Wir lösen den Fall. Da bin ich sicher!"

„Bis morgen!", ruft Lucy.

Wer kann die Geheimschrift schneller als Alf entschlüsseln? Alf hat Recht, die Kreiszeichen bedeuten Vokale. Die Unterschrift mit acht Buchstaben ist ein Name. Er kommt im Kapitel „Eulenstunde“ vor. Er enthält drei Kreiszeichen, die a, o und i bedeuten. Hilft euch das weiter?

Aufregung in der HDH

Am nächsten Morgen ist in der Humptydumpty-High-School von Little Riddle am Griddle der Teufel los!

Eigentlich ist in der ersten Stunde Bruchrechnen dran. Aber dann bringen drei Brüche ganz anderer Art Lucys Schultag durcheinander: ein Wasserrohrbruch, ein Einbruch sowie der Ausbruch der Grippe und der Masern.

Um den Wasserrohrbruch kümmert sich der Feuerwehrhauptmann Finnegan Flame mit seinen tüchtigen Leuten. Den Einbruch untersucht Polizeichef Brains und die Kranken der Landarzt Dr. Tickles aus Swindle.

Brains kommt mit seinem Dienstwagen. Er hat zwei Beamte von der Spurensicherung dabei. „Die Glasscherben liegen im Raum. Das Fenster wurde von außen eingeschlagen!“, kombiniert Brains.

Und dann findet er tatsächlich Fußspuren im Rosenbeet vor der Schule. Die Beamten machen

Gipsabdrücke davon. „Wäre doch gelacht, wenn wir nicht die passenden Schuhe dazu fänden", brummt Brains.

Schuldirektor Sgraffles stellt rasch fest, was fehlt: der nagelneue Computer im Büro, die Videokameras aus dem Fotoraum, die Anlage aus dem Musiksaal und die Kasse mit dem Geld für das Schulfest.

Dr. Tickles aus der Nachbargemeinde Swindle, der mit Grippepatienten schon hoffnungslos überlastet ist, kommt in die Schule und verteilt Vitamintabletten, Halsbonbons und Hustensaft. Die Schüler, die Fieber haben, schickt er nach Hause und ins Bett.

Er bittet den Apotheker McPill um Unterstützung. Der hilft ihm vor allem dann, wenn Laboruntersuchungen gemacht werden müssen.

„Ich glaube, jetzt hat es mich auch erwischt, haptschi!", stöhnt Schuldirektor Sgraffles drei Tage später. „Inzwischen sind fast alle Lehrer krank. Ich werde die Schule bis zum Wochenende ganz schließen!"

„Schulfrei, juhu!“, ruft Lucy und stürmt mit ihren Freunden aus dem Schulhaus. Es sind nur noch Alice und Ralf. Alle anderen aus der Klasse sind krank. Auch Roxane liegt mit Fieber im Bett. Sie hat eine richtige Grippe mit Halsschmerzen und allem. Und Alf hat Masern!

Willi fordert sein Schicksal heraus. Er mimt nur den Kranken und hält das Fieberthermometer so lange an die Heizung, bis es Fieber anzeigt. Dann legt er sich völlig gesund ins Bett und spielt mit seinem Hamster Hamlet.

Lucy beschließt auf dem Nachhauseweg, bei den McPills reinzuschauen und nach Alf zu sehen.

So heißt der Ort, wo die Kinder von Little Riddle sich vormittags treffen – außer in den Ferien:

Lucys verrückte Idee

Alf der Elfte liegt im Bett und hat überall rote Flecken. „Mann, wie siehst du denn aus!“, ruft Lucy erschrocken.

„Wie ein Fliegenpilz, bloß andersrum“, brummt Alf grimmig.

„Ich finde Masern hübscher als Grippe“, sagt Lucy.

„Geh nicht so nah hin, Lucy, damit du dich nicht ansteckst“, warnt Alfs Vater.

„Keine Sorge, Masern hatte ich schon im Kindergarten“, meint Lucy.

„Trotzdem. Es sind schon genug Leute krank. Ich weiß kaum, wo mir der Kopf steht. Hochbetrieb in der Apotheke und im Labor. Dann noch der Haushalt. Da! Jetzt klingelt es wieder im Laden“, sagt McPill kopfschüttelnd und ist schon wieder verschwunden.

Alf hat keine Mutter mehr. Sie ist gestorben, als er ganz klein war. Deshalb muss sich sein Vater um alles kümmern.

„Wie schafft dein Papa das nur: den Haushalt, den Laden, das Kochen, Aufräumen, Putzen und alles?“, erkundigt sich Lucy.

„Früher hatten wir eine Haushälterin. Die hat gekocht und auf mich aufgepasst, wenn Papa in der Apotheke war. Aber sie hat vor einem halben Jahr den Laboranten geheiratet und ist mit ihm nach Aberdeen gezogen. Jetzt sucht Papa eine neue Hilfe. Diese Woche hat er wieder eine Anzeige in der Zeitung stehen“, erklärt Alf.

„Vielleicht kann meine Mami ein bisschen einspringen?“, überlegt Lucy. „Die hat Medizin studiert und Alchemie und all so was. Sie kann bestimmt im Labor helfen …"

„Deine Mama? Das wäre super!", findet Alf. „Das müssen wir sofort meinem Papa sagen!"

„Verrückte Idee!", lacht Fanny, als Lucy sie am Abend fragt, ob sie nicht bei Apotheker McPill ein wenig aushelfen möchte.

Ehe Fanny antworten kann, klingelt das Telefon. Es ist Alf McPill der Zehnte. Er ist ganz aufgeregt und entschuldigt sich tausendmal für den Anruf. „Mein Sohn hat mir erzählt, dass Sie eine medizinische Ausbildung haben, Mrs Rankenstein. Stimmt das?"

„Ich habe eine Ausbildung als medizinisch-technische Assistentin", sagt Fanny. „Mein Großvater hatte in Siebenbürgen ein großes Labor. Da hab ich als junges Mädchen oft mitgeholfen. Ich habe später auch einige Semester Medizin und – äh – Chemie studiert."

„Das ist ja wunderbar! Kennen Sie sich auch mit Blutanalysen aus?"

„Mit Blut kenn ich mich besonders gut aus!",

versichert Fanny. „Das ist sozusagen mein Spezialgebiet."

„Ob Sie mir ein paar Tage aushelfen könnten, bis diese Grippewelle und die Masern vorbei sind? Und bis ich wieder Hilfe gefunden habe?" Seine Stimme klingt wirklich verzweifelt.

„Nun ja, ich weiß nicht …" Fanny zögert.

„Bitte, Mami!", drängt Lucy und sieht Fanny flehend an. „Du sagst selbst immer, dass man anderen helfen soll!"

Fanny holt tief Luft und sagt: „Nun gut. Ich helfe gern. Morgen Früh um neun bin ich da."

„Ich weiß gar nicht, wie ich Ihnen danken soll!", sagt McPill erleichtert.

„Jipiiie!", ruft Lucy, als Fanny den Hörer aufgelegt hat. „Und nach der Schule komme ich und hole dich bei McPills ab!"

Alfons der Zehnte ist nicht nur ein tüchtiger Apotheker, sondern auch ein gut aussehender Mann. Er ist sportlich und braun gebrannt, weil er an den Wochenenden gern zum Bergsteigen geht.

„Er sieht viel besser aus als der bleiche Franz!",

stellt Lucy fest, als sie drei Tage später im Auto sitzen. „Findest du nicht auch?"

„Aber Lucy!", sagt Fanny und wird rot. „Wenn das jemand hört! Ich helfe aus, weil Not am Mann ist und nicht, weil Mr McPill gut aussieht."

„Not am Mann?" Lucy kichert. „Bei McPills ist eher Not an der Frau. Sie müssen nämlich alles allein machen, seit die Haushälterin den Laboranten geheiratet hat."

„Seit wann interessierst du dich denn für diesen Dorfklatsch?", erkundigt sich Fanny spitz.

„Ich überleg ja nur", sagt Lucy.

„Ich helfe im Labor aus, weil du mich überredet hast. Aber um ihren Haushalt und ihre Familienprobleme müssen sich dein Freund Alf und sein Vater selbst kümmern, alles, was recht ist", sagt Fanny. „Schließlich muss ich mich bei uns auch um alles allein kümmern, seit dein Vater tot ist."

„Aber wir haben keine Apotheke", entgegnet Lucy.

„Dafür haben wir das Haus – und den Fledermausturm!", sagt Fanny. „Und unsere ganz persönlichen kleinen Problemchen. Übrigens – ich habe heute in der Apotheke Alfs Blutegel gefüttert! Er kann es ja nicht selbst tun. Am Ende kriegen die Kerlchen noch Masern! Stell dir vor, rot getupfte Blutegel!" Fanny kichert vergnügt.

„Du willst doch nicht etwa sagen, du hast sie dir selbst …"

„Warum nicht?", meint Fanny leichthin.

„Weil ich irgendwo gelesen habe, dass Blutverlust entvampirisiert", bemerkt Lucy und sieht ihre Mutter forschend an.

„Na, und wenn schon. Ich habe mir sowieso in den letzten Tagen überlegt, dass es viel besser wäre, wenn wir noch etwas menschlicher wären", erklärt Fanny ohne Umschweife. „Das Zusammenleben mit dir und deinen Freunden und mit den Leuten in Little Riddle wäre viel einfacher! Findest du nicht auch?"

Lucy kommt aus dem Staunen nicht heraus. „Schon, aber was würde Franz dazu sagen?"

„Franz – oh!", antwortet Fanny und ist ganz überrascht, dass Lucy ausgerechnet jetzt an ihn denkt. „Der wäre vermutlich nicht begeistert. Ihm war ich so, wie ich bin, schon nicht vampirisch genug! Aber was soll's", fügt Fanny energisch hinzu. „Was wir beide tun, bestimmen immer noch wir selbst und nicht Franz!"

„Mama", sagt Lucy und sieht ihre Mutter überrascht an, „meinst du das wirklich ernst?"

„Ich schwör's beim sieben Zentimeter langen Vampirzahn unseres Großvaters – und er möge mir diesen Schwur verzeihen!", versichert Fanny. Sie steigt energisch auf die Bremse, weil sie vor Aufregung fast die Abzweigung nach Rickety Hill Hall verpasst hätte.

„Mama, ich muss dir etwas beichten", gesteht Lucy, als sie kurz darauf aus dem Wagen steigen. „Ich hab neulich in der Bibliothek ein Buch über Vampirversuche entdeckt!"

„Wo zum Teufel hast du das denn aufgegabelt?"

„Das ist eine längere Geschichte", antwortet Lucy zögernd.

„Weißt du was, ich mach uns eine Tasse Rotbuschtee, und dann erzählst du mir alles in Ruhe!", sagt Fanny gefasst.

Neue Überraschungen

Während Fanny und Lucy auf dem Sofa vor dem Kamin Tee trinken, berichtet Lucy, wie sie das Geheimfach in der Bibliothek entdeckt hat.

Fanny ist ganz aufgeregt, als sie das Buch in den Händen hält. „Unglaublich", flüstert sie mit großen Augen. „Das Buch des Desmodus! Wenn Franz davon wüsste!"

„Wieso?", erkundigt sich Lucy gespannt.

„Weil er mich neulich danach gefragt hat. Ich habe ihm versichert, dass wir nichts dergleichen in Onkel Franks Nachlass gefunden haben. Er schien mir nicht zu glauben."

„Du wirst ihm doch nicht davon erzählen?"

„Ich denke nicht daran!", versichert Fanny.

„Siehst du, hier steht, dass Blutegel zur Entvampirisierung nützlich sein können!", ruft Lucy triumphierend und deutet mit dem Zeigefinger auf die Seite. „Als ganz besonders wirksam hat sich in diesem Zusammenhang die Substanz erwiesen, die wir Faktor K nennen“, liest sie vor. „Aber was bedeutet Faktor K?“

„Das hängt vermutlich mit dieser weißen Zwiebel zusammen, deren Name kein Vampir aussprechen mag …“, erklärt Fanny zögernd.

„Meinst du Knoblauch?“, ruft Lucy vergnügt.

„Aber Kind!“, sagt Fanny, und es klingt so entsetzt, als hätte Lucy eines der drei unanständigsten Schimpfwörter benutzt.

Lucy klappt das Buch zu. Jetzt oder nie, denkt sie. Jetzt muss ich ihr von den geheimen Botschaften erzählen.

„Ich bin wirklich heilfroh, dass du Franz nichts von der Sache sagen willst, weil …“ beginnt Lucy.

Fanny wirft ihr einen überraschten Blick zu.

„… weil der Franz nämlich von irgendjemandem seltsame Geheimbotschaften kriegt. Der hat was zu verbergen. Ich trau ihm nicht!“

„Geheimbotschaften?“, wundert sich Fanny.

Lucy erzählt, was sie herausgefunden hat. „Alf will versuchen, die Geheimschrift zu entschlüsseln!“, meint sie abschließend.

„Lucy!“, ruft Fanny erschrocken. „Oh Kind, was

machst du für Sachen! Du solltest doch nicht andere Leute in unser – äh, kleines Geheimnis einweihen!“

„Hab ich auch nicht. Es geht nur um die Deutung dieser Schrift. Alf will es als Nächstes mit einem neuen Decodierprogramm auf seinem Computer versuchen. Er hält Franz für einen Geheimagenten und denkt, dass er deswegen diesen Code benutzt.“

„Wenn das nur gut geht!“, seufzt Fanny und stochert heftig im Kaminfeuer.

„Das ist noch nicht alles“, sagt Lucy leise. Und dann erzählt sie, dass sie gesehen hat, wie Franz am Abschiedsabend eine rote Flüssigkeit in ihren Wein kippte. „Das war bestimmt eine Blutkonserve!“

„Bist du dir da auch ganz sicher?“, ruft Fanny erschrocken.

Lucy nickt.

„Das hätte mich doch unheimlich durstig machen müssen. Aber ich hab keine Wirkung gespürt …“, grübelt Fanny.

„Nicht du warst am nächsten Tag durstig, sondern Franz! Weil ich die Gläser vertauscht hab", triumphiert Lucy. „Erinnerst du dich nicht, wie er bei McPill über seinen trockenen Hals gejammert hat?"

Jetzt nimmt Fanny ihre Tochter in den Arm. „Du glaubst gar nicht, wie froh ich bin. Ich möchte kein Vollvampir werden! Und ich will auch auf alle Fälle verhindern, dass du einer wirst!"

„Was ist daran so schrecklich?", fragt Lucy.

„Ein Vollvampir geht nachts auf Beutejagd. Er hat einen Beißdrang, den er nicht loswird. Blut ist für ihn wie eine Droge."

„Du meinst wie Rauschgift?"

„Genau! Vollvampire sind blutsüchtig und streifen ruhelos Nacht für Nacht umher, bis sie wieder ein Opfer gefunden haben, das sie beißen können! Ein Leben mit einer Sucht ist ein schreckliches Leben. Als sie dich damals in Transsilvanien in die Vampirschule stecken wollten, bin ich mit dir fort. Ich wollte keinesfalls, dass du ein Beißer wirst."

„Eins muss ich dringend wissen", sagt Lucy. „Wirst du Franz heiraten, wenn er zurückkommt?"

„Wie kommst du denn auf die Idee? Nun, zugegeben, eine Zeit lang fand ich ihn sehr nett. Aber am Tag vor seiner Abreise habe ich ihm ganz deutlich gesagt, dass du für mich das Wichtigste auf der Welt bist. Und nachdem ich weiß, was ich jetzt weiß, kommt nicht einmal eine weitere Freundschaft mit ihm für mich infrage."

Da wird es Lucy ganz leicht ums Herz. Sie legt die Arme um den Hals ihrer Mutter und drückt sie ganz fest.

Wem gehört der schwarze Handschuh?

Am Wochenende sorgt Jeremy Fiddich für neue Aufregung. Er wankt am Samstagabend gegen acht Uhr kreidebleich in die „Fledermaus". Dort wartet schon seit einer halben Stunde der Stammtisch auf ihn.

„Wo bleibst du so lange? Was ist denn los?", erkundigt sich Molly Flash besorgt.

„Fast wär ich eine Leiche!", keucht Jeremy. Er ist noch ganz außer Atem. „Jemand hat meinen Brunnen vergiftet! Ich hab meinem Truthahn frisches Wasser gegeben – und nach drei Schlucken fällt er um. Tot!"

„Das müssen wir sofort untersuchen!", sagt Apotheker McPill und springt auf, um eine Wasserprobe zu holen.

Es dauert nicht lange, da steht das Ergebnis seiner Laboruntersuchung fest: Im Brunnenwasser befindet sich Hydrasystox, ein hochgiftiges Unkrautvernichtungsmittel.

„Nicht auszudenken, was passiert wäre, wenn wir es zur Whiskyherstellung verwendet hätten!“, stöhnt Jeremy Fiddich. „Der halbe Ort hätte sterben können! Mein Geschäft ebenfalls. Jemand will mich ruinieren! Aber wer?“

Die Nachricht von der Brunnenvergiftung verbreitet sich wie ein Lauffeuer und löst heiße Diskussionen aus.

Was ist los in Little Riddle am Griddle? So etwas hat es in dem friedlichen Ort noch nie gegeben!

Und die Serie skandalöser Ereignisse reißt nicht ab. Die nächsten Opfer sind Fanny Rankenstein und ihre Tochter: In Rickety Hill Hall wird eingebrochen.

Lucy verkündet es morgens in der Schule.

„Was wurde denn gestohlen?“, erkundigt sich Alf.

„Seltsamerweise nichts. Nur die Bücherregale sind durchwühlt worden. Es sah aus, als hätte eine Bombe eingeschlagen“, berichtet Lucy.

„Vielleicht hat der Dieb Schmuck gesucht oder ein wertvolles Buch?“, vermutet Roxane.

Lucy sieht nachdenklich vor sich hin. Sie wüsste schon, wer das gewesen sein könnte und wonach er gesucht hat. Aber dieser Jemand befindet sich zurzeit in Budapest. Rasch wechselt sie das Thema.

„Was gibt es Neues im Fall Fiddich?", erkundigt sie sich bei Roy. „Hat dein Vater schon etwas herausgefunden?"

„Nun, Fiddichs Brunnen liegt hinter den Büschen in der Nähe der Straße und ist leicht zu erreichen. Im Grunde kann es jeder gewesen sein", sagt Roy.

„Bis auf einen: unser heiß geliebter Dr. Acula. Der hat schließlich ein Alibi. Er ist nicht da", murmelt Alf.

„Ein Glück für ihn. Ich weiß nämlich, dass er Fiddich nicht leiden kann", schnaubt Lucy.

„Einige verdächtigen diesen Ironbite. Er hatte wohl einen Riesenstreit mit Jeremy wegen des Grundstücks am Griddle!", sagt Roxane.

„Habt ihr Beweise?", erkundigt sich Roy.

„Nur Gegenbeweise: Er hat ein Alibi", seufzt Willi. „Mein Vater sagt, er hat den ganzen Abend zusammen mit Ironbite in einem Gasthaus in

Swindle gesessen und den Baubeginn für die neue Feriensiedlung gefeiert!“

„Dann haben alle, die in Swindle dabei waren, ebenfalls ein Alibi“, stellt Roy fachkundig fest. „Das Gift muss nämlich zwischen sechs und sieben Uhr abends in den Brunnen gekommen sein, denn um sechs hat die alte Mrs Fiddich noch Wasser für die Suppe aus der Brunnenleitung gezapft, und dieses Wasser war in Ordnung.“

„Wer kann bloß so etwas Hundsgemeines tun?“, ruft Lucy empört.

„Ein Konkurrent? Einer von den Whiskyfabrikanten aus Swindle vielleicht?“, vermutet Ralf.

„Mein Papa hat den Tatort untersucht“, berichtet Roy. „Er hat den Deckel der Giftflasche gefunden. Ein blauer Schraubverschluss. Er muss dem Täter in den Brunnen gefallen sein. Außerdem fand man einen schwarzen Handschuh. Seltsamerweise waren keine Fußabdrücke neben dem Brunnen, außer denen von Jeremy und seiner Mutter.“

„Den Handschuh hat der Täter sicher benutzt, um keine Fingerabdrücke zu hinterlassen!“, vermutet Alf.

„Falls der Handschuh wirklich vom Täter stammt, was man erst beweisen müsste“, bemerkt Ralf.

„Papa sagt, der schwarze Handschuh stank nach dem Pflanzengift“, versichert Roy Brains, der Sohn des Polizeichefs. „Die Laboruntersuchung hat es bestätigt. Der Handschuh muss vom Täter stammen. Kaum Zweifel möglich.“

„Denkst du, wir könnten den Handschuh und den Deckel mal sehen?“, erkundigt sich Lucy.

Roy nickt. „Warum nicht? Ich werde mit meinem Papa reden!“

Brains ist von der Idee seines Sohnes nicht begeistert. „Hier geht es um einen Mordversuch. Da solltet ihr euch raushalten“, findet er.

„Wir wollen ja nur den Handschuh und den Deckel sehen. Vielleicht entdeckt ja einer von uns den zweiten Handschuh oder den Behälter, der zu dem Deckel gehört. Das könnte doch immerhin sein“, sagt Roy.

„Na gut“, seufzt Brains. „Heute Nachmittag um vier bei mir im Revier.“

Es kommen alle außer Willi. Der ist jetzt wirklich krank geworden und liegt mit vierzig Grad Fieber im Bett.

„So einen Handschuh hab ich schon gesehen“, erklärt Lucy, als sie den schwarzen Stoffhandschuh sieht. „Bei Dr. Acula.“

„So?“, fragt Brains interessiert. „Leider gehört Dr. Acula ausgerechnet zu denen, die als Täter nicht infrage kommen!“

„Tja“, seufzt Lucy. „Der ist in Alibi – ich meine, in Budapest!“

Da klingelt das Telefon im Polizeirevier. „Hier Brains“, meldet sich Roys Vater. Dann wird er blass. Atemlos lauscht er in den Hörer.

„Das Geld ist weg“, stöhnt er, nachdem er aufgelegt hat. „Alles weg, verschwunden.“

„Die Schulkasse? Das wissen wir doch!“, entgegnet Roy.

„Nee, die Million! Die Wertpapiere aus dem Safe des Bürgermeisters!“, erklärt Brains. „So ein Mist!“

„Die Million?“, wispert Ralf. „Der Kies von Ironbite?“

Brains nickt. „Ich muss sofort ins Rathaus!“ Er schlüpft hastig in seine Uniformjacke.

„Jetzt reicht es aber“, findet Roxane, als sie wieder allein sind. „Jeden Tag passiert etwas anderes. Da muss sich doch eine richtige Räuberbande bei uns herumtreiben!“

„Es gab noch drei weitere Einbrüche in der letzten Woche: im Fotoladen, im Radiogeschäft und beim Uhrmacher“, berichtet Roy. „Papa sagt, so etwas hat es in Little Riddle am Griddle noch nie gegeben!“

„Ja, irgendwas tut sich hier. Wenn wir nur wüssten, was“, grübelt Ralf.

„Am Ende geht es so weiter! Was können wir bloß machen?“, überlegt Alice.

„Die Augen offen halten, ob wir etwas Verdächtiges bemerken. Wir fallen weniger auf als Polizisten“, findet Roxane.

„Es passierte bisher immer, wenn es dunkel war", überlegt Roy. „Wir sollten Nachtwachen einteilen und nachts abwechselnd aufpassen."

„Ich überwache mit Alf die Innenstadt", schlägt Roxane vor.

„Dann teile ich mir mit Alice und den anderen die Schule und die Außenbezirke", sagt Ralf.

„Und ich?", fragt Lucy.

„Es ist zu gefährlich, nachts den ganzen Weg von Rickety Hill Hall bis nach Little Riddle zu kommen. Und außerdem: Der Einbruchversuch bei euch, die Fledermaus mit der Briefbotschaft – irgendjemand interessiert sich besonders für Rickety Hill Hall", befürchtet Alf. „Du solltest lieber dort aufpassen."

„Ja, schon …" Lucy zögert. „Aber … Na gut. Wenn du meinst."

Lucy nimmt sich vor, die Ermittlungen auf ihre Weise durchzuführen. Und sie hat auch schon ganz bestimmte Vorstellungen, wie.

Spannende Ermittlungen

„Kommt nicht infrage, dass du nachts allein herumgeisterst und nach finsteren Elementen Ausschau hältst!“, ruft Fanny, als Lucy von ihren Plänen erzählt. „Ich komme mit!“

Lucy strahlt. „Das ist gut!“ Vor ein paar Wochen hätte Mami das nicht gemacht, denkt sie. Da wäre sie ausgegangen – mit Franz!

Nach dem Abendessen ziehen Lucy und ihre Mutter die schwarzen Umhänge an.

„Deine hellen Socken könnten dich verraten!“, sagt die flugerfahrene Fanny und schiebt Lucy noch ein Paar schwarze Strümpfe hin. Dann fasst sie mit der Hand in den Kamin und schwärzt sich das Gesicht.

„Du siehst vielleicht aus!“, lacht Lucy. Aber dann macht sie es genauso. Jetzt streifen beide noch schwarze Vampirhandschuhe über. So sind sie in der Dunkelheit kaum mehr zu erkennen. Bei der Brunnenmauer steigen die beiden auf den Flugbesen, und ab geht es in Richtung Little Riddle am Griddle.

Es ist ein stiller und nicht zu kalter Abend. Lautlos gleiten die zwei Schatten im Mondschein über die Felder dahin. Lucys schlechte Stimmung verweht mit dem Wind. Wie herrlich ist es zu fliegen! Sie findet es aufregend, wenn der Wind durch Kleider und Haare streicht, sie liebt den Geruch der feuchten Erde, der zu ihr heraufdringt, und die Wolken, die sich wie große Teile eines weißen Puzzlespieles langsam über den nachtblauen Himmel schieben.

„Nanu, in der Mühle brennt Licht!“, wundert sich Fanny. „Wahrscheinlich der alte Gärtner, der die Blumen gießt und nach dem Rechten sieht, während Franz nicht da ist. Aber um diese Zeit? – Lass uns mal hinfliegen!“

Als sie sich der Wassermühle am Griddle nähern, ist das Licht erloschen.

„Komisch“, murmelt Fanny. „Na, vielleicht hat Franz einen dieser automatischen Lichtschalter installiert, damit die Mühle während seiner Abwesenheit nicht so unbewohnt aussieht.“

„Mami, ich muss mal!“, sagt Lucy plötzlich. „Ich hab zu viel Tee getrunken.“

Die beiden landen am Bach hinter der Mühle. Lucy verschwindet zwischen den Büschen. Als sie zurückkommt, schwenkt sie einen schwarzen Handschuh in der Hand. „Sieh mal, was ich gefunden hab! Der lag neben dem Geräteschuppen. Dort stehen übrigens jede Menge Dosen und Flaschen. Könnte doch sein, dass auch Pflanzengift dabei ist?“

Fanny leuchtet mit der Taschenlampe in den Schuppen hinein und murmelt: „Tatsächlich, da steht solcher Kram. Auch Flaschen mit blauen Schraubverschlüssen! Wenn wir nicht mit eigenen Augen gesehen hätten, dass Franz fortgefahren ist, bekäme ich jetzt so meine Zweifel …“

Dann fliegen die beiden weiter nach Little Riddle. Sie umkreisen den Kirchturm und fliegen über den Marktplatz. „Da!“, wispert Lucy, als sie Alf und Roxane in der Hauptstraße entdeckt. „Hoffentlich bemerken sie uns nicht!“

Aber dazu sind die beiden viel zu sehr beschäftigt. Sie folgen zwei dunkel gekleideten Gestalten, die jetzt beim Bürgermeisterhaus um die Ecke biegen. Einer hat einen prall gefüllten Sack über die Schulter geworfen. Der andere trägt einen Karton vor sich her. Die Männer verschwinden zwischen zwei Häusern in der Cucumber Street.

Alf und Roxane warten im Schutz der gegenüberliegenden Garage darauf, dass die Männer wieder zum Vorschein kommen. Aber vergeblich.

Was jetzt geschieht, sehen nur Lucy und Fanny von ihrem erhöhten Aussichtspunkt auf dem Blechdach einer Garage. Die Männer klettern über einen Gartenzaun und schleppen ihre Last in eine Gartenlaube, die hinter den Häusern liegt. Kurz danach kommen sie wieder mit leeren Händen heraus und verschwinden in der Dunkelheit der benachbarten Garlic Street.

„Mist!“, flüstert Lucy. „Sie haben Alf und Roxane abgehängt. Die warten immer noch in der Cucumber Street, und die beiden Männer sind längst auf und davon!“

„Zu dumm, dass wir ihnen keinen Tipp geben können!“, flüstert Fanny zurück. „Komm, wir versuchen, den Männern zu folgen!“

„Ich glaube, sie sind gerade in der ‚Fledermaus' verschwunden!", sagt Lucy. „Los, lass uns schnell hinfliegen!"

Aber als sie durch die hell erleuchteten Fenster in Old Bats Kneipe spähen, herrscht dort ein solches Gewühl, dass es unmöglich ist, die beiden Männer zu identifizieren.

Fanny zuckt die Schultern. „Völlig ausgeschlossen, da jemanden wiederzufinden."

Die beiden setzen ihren Erkundungsflug fort.

Beim Bürgermeister brennt noch Licht im Arbeitszimmer. Fanny und Lucy lassen sich auf dem bequemen Ast eines Baumes nieder und beobachten McRony eine Weile.

Der Bürgermeister hat den Kopf in die Hände gestützt und grübelt. Dann steht er auf und untersucht die Tür des Wandsafes. Kopfschüttelnd betrachtet er das unversehrte Schloss. Man sieht ihm an, dass er sich den Diebstahl der Wertpapiere nicht erklären kann.

„He! Sieh mal!", wispert Lucy plötzlich. Sie hat in der Ferne eine Gestalt entdeckt, die mit einem Spaten in der Hand dem Friedhof zustrebt. Der

Mann geht nicht durch das Tor mit dem Kreuz, sondern klettert über die Mauer. Dann verschwindet er in der Dunkelheit.

„Was der wohl vorhat?“, murmelt Fanny nach einem forschenden Blick durch ihr Nachtsichtfernglas. Neugierig schweben die beiden an der Friedhofsmauer entlang und landen hinter einer Taxushecke.

Der Mann verschwindet gerade in der Leichenhalle. Kurz darauf kommt er mit einem Kasten wieder heraus. Leider schiebt sich jetzt eine Wolkenwand vor den Mond, und es ist unmöglich, sein Gesicht zu erkennen. Der Mann trägt den Kasten zu einem frischen Grab und beginnt ein Loch zu graben.

„Das ist doch dort, wo vor einigen Wochen Jeremy Fiddichs Vater begraben worden ist!“, flüstert Fanny. „Will er den ausgraben?“

„Im Gegenteil! Er gräbt etwas ein!“, sagt Lucy, die jetzt das Fernglas an die Augen presst.

Der Mann legt den geheimnisvollen Kasten in das Grab und schaufelt Erde darüber. Er vergisst nicht, hinterher wieder fein säuberlich die Schneeheide auf das Grab zu pflanzen. Dann packt er den Spaten und verschwindet in der Dunkelheit.

„Konntest du erkennen, wer es war?“, flüstert Fanny.

„Unmöglich! Ich hab nur seinen Rücken gesehen! Jeremy ist es jedenfalls nicht. Der ist viel hagerer.“

„Erst dachte ich, es sei Franz. Aber das kann

nicht sein“, sagt Fanny irritiert. „Er ist ja in Budapest!“

„Vielleicht sollten wir nachsehen, was in dem Kasten ist?“, schlägt Lucy vor.

„Gute Idee!“, murmelt Fanny. Sie sieht sich vorsichtig um, ob die schwarze Gestalt vielleicht noch irgendwo zwischen den Grabsteinen lauert. Aber die Luft ist rein. Die beiden nähern sich vorsichtig dem Grab. Mit bloßen Händen buddeln sie den Kasten wieder aus. Das ist nicht schwer. Die Erde liegt nur locker darüber.

„Handschuhe wieder anziehen, wegen der Fingerabdrücke!“, sagt Lucy, als Fanny den Kasten öffnen will.

„Kluges Kind!“, lobt Fanny ihre Tochter und öffnet dann vorsichtig den Deckel.

„Mann!“, ruft sie überrascht, als ihr Blick auf ordentlich gebündelte Papiere fällt. „Lucykind! Das sind Wertpapiere. Das ist die verschwundene Million!“

„Warum hat sie dieser Kerl denn bloß hier versteckt?“

„Keine Ahnung“, murmelt Fanny. „Das werden

wir wohl nicht herausfinden. Außerdem wird mir kalt. Wir müssen langsam nach Hause!"

„Vorher richten wir besser alles wieder so her, wie es war!", sagt Lucy. Sie kratzt das Loch wieder zu und pflanzt die Schneeheide ein. Fanny säubert inzwischen mit ihrem Flugbesen die Steinumrandung von Erdresten.

„Was machen wir mit dem Kasten?", fragt Lucy und klopft die Erde von den Handschuhen.

„Wir bringen ihn zur Polizei!", sagt Fanny zunächst und fügt dann nach kurzem Zögern hinzu: „Oder nein. Ich glaube, das ist keine gute Idee. Polizeichef Brains wird als Erstes fragen, wie wir dazu gekommen sind. Wir können ihm ja schließlich nicht erklären, dass wir mitten in der Nacht auf unserem Besen über den Gräbern gekreist sind."

„Dann legen wir den Kasten in die Kirche. Neben den Altar", schlägt Lucy vor. „Der Pfarrer wird ihn finden und der Polizei geben."

„In die Kirche gehen?", sagt Fanny. „Traust du dich das?" Wie jeder Halbvampir mag Fanny Kirchen nicht besonders.

Aber Lucy zuckt nur mit den Schultern. „Warum nicht? Ich geh durch die Gruft, und wenn ich am Altar vorbeikomme, mache ich ganz fest die Augen zu!“

Lucy kehrt unversehrt von ihrem Auftrag zurück. Zu ihrer Überraschung stellt sie fest, dass sie im Gegensatz zu früher beim Betreten einer Kirche keine Gänsehaut mehr bekommt.

„Jetzt aber schnell nach Hause!“, sagt Fanny.

Sie fliegen am Griddle entlang, der jetzt im Mondschein wie ein glitzerndes silbernes Band zu ihnen heraufleuchtet. Lucy gähnt. Sie freut sich auf ihr warmes Bett.

Aber als Lucy und Fanny endlich in den Federn liegen, können beide nicht einschlafen. Lucy tappt barfuß den Flur entlang und krabbelt zu ihrer Mutter ins Bett. Das hat sie als kleines Kind immer gemacht.

Ein Windstoß drückt das Schlafzimmerfenster auf. Die Gardine weht ins Zimmer herein.

„Verflixt! Ich hab das Fenster anscheinend nicht richtig zugemacht!“ Fanny steht auf, um das Fenster zu verriegeln. Ein Schatten mit einem dunklen

Schmetterlingsnetz huscht über die Wiese. War das Franz?

Ach Quatsch, jetzt sehe ich schon Gespenster! denkt Fanny und reibt sich die Augen. Dann schlüpft sie wieder zu Lucy ins warme Bett.

Cucumber Street heißt auf Deutsch:

Die Entdeckung

Am nächsten Tag in der Schule fällt es Lucy schwer, ihre Geheimnisse für sich zu behalten. Den vampirischen Teil der Geheimnisse jedenfalls. Sie trifft ihre Freunde bei den Mülltonnen am Schultor, wie an jedem Morgen.

Alf und Roxane erzählen aufgeregt von ihrer Verfolgungsjagd. „Die beiden Männer haben uns in der Cucumber Street regelrecht abgehängt!"

„Nimm's nicht so tragisch! Bei uns war überhaupt nichts los", tröstet sie Alice. „Nur ein paar Betrunkene, die aus der ‚Fledermaus' kamen und nach ihrem Bett suchten."

„Was soll ich sagen", meint Lucy scheinheilig. „Bei mir ist erst recht nichts passiert. Ich musste ja schließlich bei meiner Mama bleiben."

„Die Männer, die Roxane und ich beobachtet haben, hatten etwas zu verbergen. Das spür ich in meiner Detektivnase", behauptet Alf der Elfte. „Wisst ihr was, wir gehen nach der Schule alle in die Cucumber Street und sehen uns genau an, wo die beiden verschwunden sind."

„Vielleicht ist irgendwo ein Schlupfloch, durch das sie entwischt sind", sagt Lucy. „Oder gar ein Versteck!"

Gerade als die Schulglocke klingelt, kommt Roy Brains angerannt. „Oh Mann! Ich bin schon seit sechs Uhr wach! Papa bekam einen anonymen Anruf, dass Jeremy Fiddich die Million gestohlen und im Grab seines Vaters versteckt hat!"

„Jeremy Fiddich? Wer hätte das gedacht!", ruft Roxane verwundert.

„Jetzt hör doch erst mal zu. Ich komme nämlich gerade vom Friedhof. Irgendjemand hat sich dort am Grab von Glen Fiddich zu schaffen gemacht. Aber vergraben war nichts!"

„Und was sollte dann der dämliche Anruf?", fragt Roxane.

Roy zuckt ratlos die Schultern.

„Irgendeiner will den armen Jeremy in Bedrängnis bringen. Aber wer?", grübelt Alf.

Den ganzen Vormittag spuken den Kindern die Neuigkeiten im Kopf herum.

Lucy fühlt sich wie ein Luftballon kurz vor dem Zerplatzen. Wie gern hätte sie erzählt, was sie in der Nacht beobachtet hat. Manchmal ist es verdammt schwer, ein Halbvampir zu sein und Geheimnisse zu haben …

Auch am Nachmittag, als sie in der Cucumber Street vor dem schmalen, dunklen Durchgang zwischen den alten Häusern stehen, darf Lucy nichts von ihrem nächtlichen Ausflug erzählen.

„Durch diesen Gang sind sie geschlüpft. Mir nach!“, kommandiert Alf. Die anderen folgen ihm wie Indianer auf dem Kriegspfad.

„Heute Nacht hätte ich mich nicht hier durchgetraut“, gesteht Roxane.

„Dort sind Fußspuren!“, ruft Lucy. „Die Männer sind wahrscheinlich über den Zaun geklettert und ins Gartenhaus gegangen!“

„Mann, du kannst ja Spuren lesen wie ein Trapper!“, staunt Alf.

„Das – das ist ja das alte Gartenhaus meiner Oma!“, ruft Willi überrascht. „Normalerweise erreicht man es über die Gartenpforte in der Garlic Street!“

„Na, das ist schon klar, dass deine Oma nicht jedes Mal über den Zaun klettert, wenn sie ihre Blumen gießen will“, kommentiert Alf trocken. „Hast du einen Schlüssel?“

Willi nickt. Er angelt sich den Schlüssel, der unter einem Blumentopf liegt, und schließt auf. Es riecht muffig. Spinnweben in den Ecken verraten, dass das Gartenhaus nicht oft genutzt wird.

„Hier wurde lange nicht sauber gemacht. Meine Oma ist doch seit drei Monaten im Altersheim“, sagt Willi.

In einer Ecke türmt sich ein unförmiger, abgedeckter Stapel. Lucy hebt die Decke hoch und ruft: „Boah! Seht euch das an!“

Da sind Whiskyflaschen, Zigaretten, iPhones, iPods, Digitalkameras und Laptops.

„Sieht aus wie das Warenlager einer Gaunerbande“, murmelt Roxane verblüfft.

„Auf der Decke ist unser Schulwappen!“, ruft Alf überrascht. „Lasst uns weitersuchen!“

„Und das sind die letzten Reste vom Schulfestgeld!“ Alice deutet auf die geplünderte Kasse, die auf einem Gartenstuhl steht.

„Das Gartenhaus als Räubernest! Wenn das meine Oma erfährt!“, stöhnt Willi fassungslos.

„Ich glaube, so langsam kommt Licht in die Angelegenheit!“

Polizeichef Brains nickt zufrieden, als die Kinder ihm aufgeregt von ihrer Entdeckung berichten. „Das ist nicht die erste Überraschung heute!“ Er deutet stolz auf den Holzkasten, der auf dem Schreibtisch steht. „Die Million ist wieder da!“

„Die Million? Ironbites Wertpapiere?“, vergewissert sich Alf.

Brains nickt.

„Wer hat sie denn gefunden?“, erkundigt sich Lucy. „Und wo?“

„Der Pfarrer! Er brachte den Koffer mit Mr Ironbites Wertpapieren heute Mittag aufs Revier. Er fand ihn in der Kirche neben dem Altar! Die Diebe haben offenbar ihre Tat bereut und die Beute dort abgestellt“, vermutet Brains. „Und jetzt will ich mir mal das Warenlager ansehen, das ihr in der Cucumber Street entdeckt habt!“

Polizeichef Brains staunt nicht schlecht, als er das Diebesgut in der alten Gartenlaube begutachtet. Er beschließt, den Räubern eine Falle zu stellen und legt sich mit zwei Polizisten auf die Lauer. Noch in der gleichen Nacht erwischt er zwei Männer, die sich zum Gartenhaus schleichen.

Sie bestreiten zunächst, etwas mit den Einbrüchen zu tun zu haben. Angeblich wollten sie in dem Gartenhaus nur übernachten. Doch das Schwindeln nützt nicht viel, denn man findet ihre Fingerabdrücke auf Kameras, iPhones und Laptops. Ihre Schuhe passen zudem haargenau in die Gipsabdrücke, die Brains von den Fußspuren im Rosenbeet der Schule angefertigt hat. So ist ihr Leugnen zwecklos.

Ganz Little Riddle atmet auf, als die Diebstahlserie endlich aufgeklärt ist. Constable Brains geht überdies davon aus, dass die Einbrecher auch Ironbites Wertpapiere gestohlen haben. Aber das streiten die beiden Männer energisch ab. Auch mit dem anonymen Anruf wollen sie nichts zu tun haben.

Der Polizeichef muss sich wohl oder übel damit zufriedengeben. Hauptsache, die Million ist wieder da. Ironbite zieht sogar seine Anzeige zurück. Weshalb sollte sich Brains also noch aufregen?

Garlic Street heißt auf Deutsch:

Alf entschlüsselt das Alphabet

„Mami! Mami! Ich hab eine tolle Nachricht!“, ruft Lucy, als sie am nächsten Tag von der Schule heimkommt. Sie schwenkt ein Blatt Papier in der Luft. „Alf hat das Fledermausalphabet entziffert!“

„Nun, dann hat er seinem Namen alle Ehre gemacht. Wir werden ihn ab jetzt Alph nennen!“ Fanny lacht. „Zeig her!“

Lucy reicht ihr den Zettel mit den entschlüsselten Zeichen. „Der Absender der Fledermausbriefe heißt Dragomir. Wer kann das bloß sein?“

„Dragomir? Den kenne ich“, antwortet Fanny erschrocken. „Das ist der Chef des transsilvanischen Geheimdienstes. Als ich damals nach Vaters Tod mit dir aus Transsilvanien wegziehen wollte, hat er alles versucht, um uns zurückzuhalten!“

„Ach, jetzt geht mir ein Licht auf! Und nun versucht er alles, um uns wieder zu Vollvampiren zu machen. Lies doch nur!“

Fanny liest und schüttelt den Kopf:

„An F. A. Erfahren soeben, dass die Übernahme der Firma F & L missglückt ist. Dies ist der dritte Fehlschlag nach L.N. und F.N.S. Totaler Versager!!! Das hat Konsequenzen.

Dragomir"

„Die Firma F & L, das sind wohl wir, oder?", fragt Lucy.

Fanny nickt. Jetzt fällt es ihr wie Schuppen von den Augen. Da hat der transsilvanische Geheimdienst tatsächlich Franz auf sie angesetzt!

„L.N, das bedeutet Lord Ness, und F.N.S. bedeutet Frank N. Stone. Das ist Onkel Frank, stimmt's? Franz sollte also auch schon Onkel Frank und den alten Lord vampirisieren!" Lucy ist ganz aufgeregt.

„Sieht verdammt danach aus", entgegnet Fanny düster. „Vermutlich hat Franz uns schon hier in Little Riddle erwartet, ehe wir ankamen. Es war also kein Zufall, dass er hier war. Das war alles eine einzige, finstere Intrige! Gesteuert von Dragomir. Wie konnte ich nur auf diesen Franz reinfallen! Na, dem werde ich aber die Hölle heißmachen!"

„Sei nicht wütend, Mama. Ich mochte Franz ja zuerst auch. Ich meine, ganz am Anfang, als er mir Mausi die Zweite geschenkt hat!“

„Was ist mit der nächsten Botschaft?“, fragt Fanny.

„Bei F. sofort Zähne einsetzen! Dragomir“, liest Lucy.

„F. – das bin wohl ich?“, sagt Fanny düster.

„Sollst du ein Gebiss kriegen?“, fragt Lucy.

„Nein, Zähne einsetzen bedeutet in diesem Zusammenhang, dass er mich beißen soll, damit ich ein Vollvampir werde.“

„Mistkerl!“, schimpft Lucy. „Sieh mal, das hier ist die Botschaft, die Franz per Fax erhielt!“ Sie liest: *„Erwarten schnellstens Erfolgsmeldung! Sofort zur Zentrale nach B. kommen! Dragomir“*

„Wir können uns ja denken, was mit ‚Erfolgsmeldung‘ gemeint war“, murmelt Fanny und grübelt: „Eine Sache bereitet mir große Sorge: Alf hat das alles gelesen und weiß jetzt sicher, was mit uns los ist, oder?“

„Ich glaube nicht!“, beruhigt sie Lucy. „Alf und die anderen sind der festen Auffassung, dass Franz ein ganz normaler Agent ist. Und die entschlüsselten Botschaften sind der Beweis dafür. Was die Abkürzungen bedeuten, wissen sie nicht. Alf denkt, dass es sich bei F & L wirklich um eine Firma handelt. Und wenn eine Nachricht an einen Zahnarzt heißt: ‚Sofort Zähne einsetzen!', ist das doch nicht verdächtig, oder?"

„Hoffentlich hast du Recht", seufzt Fanny, und Lucy lacht. „Weißt du, Mama, eigentlich ist Alf mehr Vampir als wir. Sein Hobby sind schließlich Blutegel. Und die saugen echtes Blut!"

„Und sein Vater nimmt den Leuten Blut für die Blutuntersuchungen ab", sagt Fanny, und ihre Stimme klingt wieder fröhlich.

Lucy nickt. „Deshalb sind die beiden uns sicher so sympathisch!"

Die Lösung

„Was ist denn um Himmels willen los?“, ruft Fanny erschrocken, als Lucy mitten in der Nacht vor ihrem Bett steht.

„Ich glaub, ich hab’s!“, sagt Lucy.

„Was hast du?“

„Die Lösung!“, sagt Lucy. „Ich weiß, wie wir uns Franz im wahrsten Sinn des Wortes vom Hals schaffen!“

„Da bin ich aber neugierig!“

„Mami, Dragomir weiß nicht, dass wir die Geheimschrift entziffert haben. Niemand ahnt, dass ich die Fledermausbriefträger entdeckt habe. Das können wir ausnutzen.“

„Aber wie?“, erkundigt sich Fanny gespannt.

„Wir verschicken Geheimbotschaften. Per Fledermauspost. Eine an Dragomir und eine an Franz.“

„Und was willst du schreiben?“

„Bin schon dabei!“, sagt Lucy listig und malt Fledermauszeichen auf einen Zettel. „Die ist für Franz!“

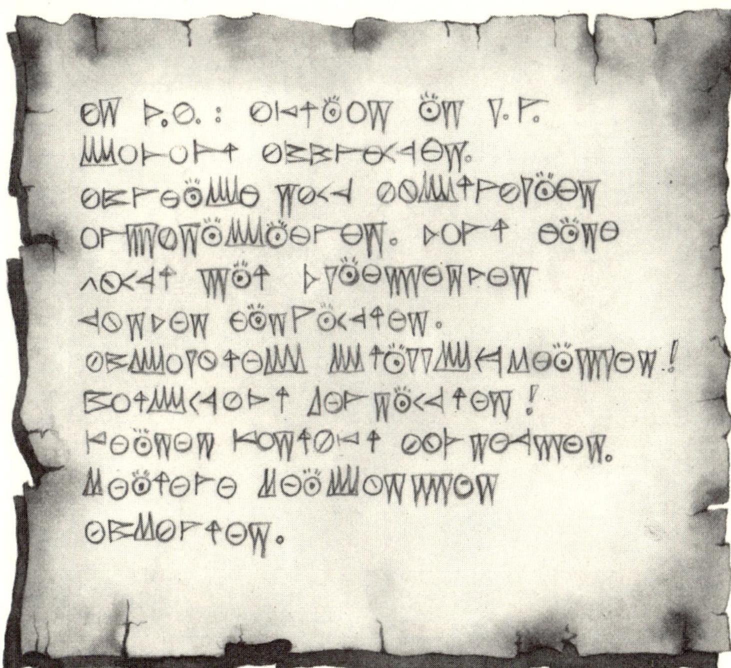

Fanny entziffert die Zeichen und kichert schadenfroh: „Das ist gut! Ja, sogar ausgezeichnet! Wir –

ich meine natürlich Dragomir – schicken Franz dahin, wo der Pfeffer wächst!“

Lucy hat inzwischen auch die zweite Botschaft aufgeschrieben. „Und Dragomir wird Franz am anderen Ende der Welt suchen lassen!“, ruft sie triumphierend.

Währenddessen studiert Fanny zufrieden die zweite Nachricht:

Fanny reicht Lucy die beiden Zettel. „Ein kleines Problem haben wir allerdings noch“, meint sie. „Wo willst du die richtigen Brieffledermäuse herkriegen, Lucykind?“

„Na, aus der Mühle!“, ruft Lucy. „Franz muss die Hufeisennase ja irgendwo einsperren, bis er sie wieder zu Dragomir schickt.“

„Hm“, sagt Fanny. „Du meinst, wir gehen in die Mühle und …“

„Ja, warum nicht? Franz ist nicht da. Wenn ich eine andere Fledermaus dafür hineinsetze, wird er es nach seiner Rückkehr vermutlich gar nicht bemerken.“

„Das gefällt mir! Franz hat einen Denkzettel verdient!“ Fannys Augen funkeln genauso unternehmungslustig wie die ihrer Tochter. „Los, auf den Besen, mein Schatz!“

Wenig später reiten die beiden durch die sternklare Nacht. Es ist kalt, und Lucy hat sich fest in ihre dicke Windjacke gewickelt.

„Schon wieder Licht in der Mühle!“, ruft Fanny überrascht. Diesmal erlischt es nicht, als sie fast geräuschlos hinter den Büschen neben dem Geräteschuppen landen.

„Psst!“, flüstert Fanny. Sie schleichen zum Haus. Und dann fasst Fanny nach Lucys Hand und drückt sie fest. „Franz! Er ist zurück. Und dabei wollte er doch erst übermorgen kommen!“ Fanny zögert einen Augenblick. Dann klopft sie ans Fenster.

Erschrocken fährt Franz hoch. Dann kommt er ans Fenster. „Ihr – äh, ihr beide? Na, so eine Überraschung!“, stottert er verblüfft und geht eilig zur Tür, um zu öffnen.

Lucy und Fanny lächeln ihn scheinheilig an. „Wir haben einen kleinen Nachtausflug gemacht. Da sahen wir Licht in der Mühle und dachten, es sind vielleicht Einbrecher hier. Es ist allerhand passiert während deiner Abwesenheit, musst du wissen. – Wie kommt es, dass du schon zurück bist?“, erkundigt sich Fanny.

Franz hat alle Mühe, seine vorzeitige Rückkehr zu erklären.

„Bin eben angekommen – heute Nacht erst“, behauptet er. „Das letzte Stück bin ich geflogen, weil kein Zug mehr ging …“

Fanny spürt, dass er nicht die Wahrheit sagt. „Wie war die Reise? Ist alles gut verlaufen?“, fragt sie betont harmlos.

„Ja … schon …“, antwortet er zögernd.

„Wie war es in Budapest?“

„Oh – äh, eigentlich nichts Besonderes. Nur langweilige Konferenzen, Vorträge und Fachgespräche“, antwortet Franz ausweichend. „Zahnarztkram eben.“

„Da war es bei uns aufregender“, wirft Lucy dazwischen. „Ein Krimi nach dem anderen lief hier ab!“

„So? Was ist denn passiert?“ Franz zieht erstaunt die schwarzen Augenbrauen nach oben, dass sie wie Dreiecke aussehen.

„Oh, es wurde eingebrochen. In der Schule, bei uns in Rickety Hill Hall und anderswo. Sogar beim Bürgermeister. Und außerdem hat jemand versucht, den armen Jeremy Fiddich zu vergiften“, berichtet Fanny.

Franz schüttelt den Kopf. „Was du nicht sagst! Ich kann den Kerl ja nicht ausstehen. Aber gleich vergiften? Das ist schon ein starkes Stück! Weiß man schon, wer es getan hat?“

„Manche denken, dass Ironbite …“

„Lucykind, das sind doch bloß Vermutungen“, unterbricht Fanny ihre Tochter.

„Würde mich nicht wundern“, sagt Franz. „Ironbite hatte schließlich großen Ärger mit Fiddich wegen des Grundstücks am Griddle.“

„Aber wegen so etwas bringt man einen doch nicht um“, entgegnet Fanny.

„Was heißt umbringen? Vielleicht wollte er ihm nur einen Denkzettel verpassen“, bemerkt Franz und lächelt hinterhältig.

„Nun, wie dem auch sei, Ironbite hat ein wasserdichtes Alibi. Seine Frau Melissa leider auch. Sie waren nicht in Little Riddle, als es passierte“, erklärt Fanny. „Außerdem ist er heute mit seiner Frau wieder nach Texas abgereist. Angeblich wurde dort auf seinem Farmland eine neue Erdölquelle gefunden!“

Franz stutzt und wird blass. Fanny bemerkt es und wundert sich, doch innerhalb weniger Sekunden hat sich Franz wieder gefasst, setzt sein verbindlichstes Grinsen auf und meint: „Ja, so ein Glückspilz! Nun, wo viel Geld ist, kommt immer noch mehr dazu. Der Teufel macht immer auf den gleichen Haufen, sagt ein altes schottisches Sprichwort.“

„Übrigens, eh ich’s vergesse …“, Fanny zieht den schwarzen Handschuh aus der Tasche, „wir haben dir etwas mitgebracht! Das ist doch deiner?“

Franz betrachtet ihn irritiert. „Den hab ich noch gar nicht vermisst“, behauptet er. „Das kommt daher, weil ich jetzt meist die dickeren Motorradhandschuhe anhabe!“

„Aber du bist sicher, dass es dein Handschuh ist?“, fragt Fanny gespannt.

„Sicher, das ist einer meiner alten Flughandschuhe. Ich erkenne ihn am Fledermauszeichen. Ich muss ihn irgendwann bei euch vergessen haben.“ Franz nimmt ihn kopfschüttelnd.

Lucy wirft ihrer Mutter einen eindringlichen Blick zu und macht mit den Armen Flatterbewegungen. Sie braucht doch noch die zwei Brieffledermäuse!

„Erfüllst du Lucy noch einen klitzekleinen Wunsch, ehe wir heimfliegen?“, bittet Fanny.

„Und der wäre?“, fragt Franz.

„Lucy möchte gern mal deine Fledermäuse sehen! Du weißt ja, wie verrückt sie nach diesen Tieren ist.“

„Bitte sehr! Wenn's weiter nichts ist ...“ Franz geht zur Treppe, um mit Lucy in den Mühlenturm zu steigen.

Fanny hält ihn am Ärmel fest. „Sssst. Bleib hier. Ich wollte dich noch etwas fragen. Das Kind muss schließlich nicht alles hören."

„Dann hast du sie absichtlich weggeschickt?", fragt er, als Lucy verschwunden ist.

Fanny nickt. „Na klar. Also – als wir neulich hier vorbeikamen, brannte Licht in der Mühle. Kann es sein, dass der Gärtner während deiner Abwesenheit hier war?"

„Gut möglich", antwortet Franz.

„Kann es auch sein, dass er Pflanzengift verwendet? Wenn mich nicht alles täuscht, habe ich in deinem Gartenhaus Flaschen gesehen, die blaue Kappen haben. Eine blaue Kappe fand man auch in Jeremys Brunnen …"

Franz lächelt überlegen. „Für den Gärtner leg ich die Hand ins Feuer. Der weiß ja nicht mal, wie man Hydrasystox schreibt!"

„Deinen Handschuh hab ich übrigens nicht zu Hause, sondern bei Fiddichs auf der Farm gefunden", schwindelt Fanny.

„Wie kommt er denn da hin?"

Franz ist sichtlich erschrocken. „Du denkst doch nicht etwa, dass *ich* das Gift in den Brunnen geschüttet habe? Vergiss nicht: Ich war gar nicht da, als es passierte. Ich saß an dem bewussten Abend im Hotel Gellert in Budapest und trank ungarischen Rotwein!"

„Wahrhaftig – das perfekte Alibi." Fanny lächelt harmlos. Aber ihre Augen sind sehr ernst geworden. Ein fürchterlicher Verdacht hat sich soeben bestätigt.

Um Lucy etwas Zeit zu geben, berichtet sie noch etwas ausführlicher, was inzwischen in Little Riddle am Griddle passiert ist.

Franz tut sehr erstaunt.

Endlich kommt Lucy zurück. Sie gähnt. Der Reißverschluss ihrer weit geschnittenen Windjacke ist zugezogen. So sieht man nicht, was darunter verborgen ist.

„Oh!", sagt Fanny erschrocken nach einem Blick auf die Uhr. „Es ist schon spät! Wir müssen schnellstens nach Hause!"

Durch welche drei Bemerkungen verrät Franz, dass er in die Brunnenvergiftungen verwickelt ist?

1) Re uwtses, adss ads Igtf ni edn Rbnuenn egscühttte uwdre.

2) Re aknnet die Atztiet.

3) Re aknnet edn Anemn eds Igtfse.

Die Folgen

Auf dem Heimflug ist Fanny auffallend schweigsam. Zu viel geht ihr im Kopf herum.

„Was ist denn los, Mami?“, erkundigt sich Lucy besorgt, als sie im Badezimmer in ihren Schlafanzug schlüpft. „Ist etwas passiert, während ich bei den Fledermäusen war?“

„Ich glaube, Franz hat Jeremys Brunnen vergiftet!“, sagt Fanny, die müde und blass auf dem Rand der Badewanne hockt. „Das heißt: Ich weiß es!“ Und dann erzählt sie Lucy, wie sie Franz in die Falle gelockt und er sich verraten hat. Denn Franz wusste genau, wie das Gift hieß und wann und wo es in den Brunnen geschüttet wurde.

„Aber warum sollte er so etwas Schreckliches tun?“, fragt Lucy. „War er vielleicht eifersüchtig auf Jeremy?“

Fanny lächelt: „Vielleicht.“

„Zum Glück ist Jeremy nichts passiert. Und Franz wird seine Strafe bekommen. Dafür werden wir beide sorgen. Wir werden ihm seine Karriere beim transsilvanischen Geheimdienst ganz schön vermasseln." Lucys Blick wandert zu der Handtuchstange über der Badewanne, an der die zwei entführten Fledermäuse baumeln. „Sind sie nicht niedlich? Wie kann ein so grässlicher Mensch nur so nette Tiere haben?"

Fanny betrachtet die beiden. „Kannst du sie denn auseinanderhalten? Wir dürfen sie um Himmels willen nicht verwechseln!"

„Na klar kenn ich sie! Das eine ist die Hufeisennase. Sie war in einem Käfig eingesperrt. Das ist Dragomirs Brieffledermaus. Das andere ist eine von den normalen Mühlenfledermäusen. Sobald wir sie freilassen, wird sie zu ihren Freunden zur Mühle zurückfliegen. Mit einem netten Brief an Franz, der ihn ans andere Ende der Welt locken wird!“

Noch in der gleichen Nacht schickt Lucy die beiden Fledermäuse auf die Reise. Sie sieht vom Turmfenster aus zu, wie sie in den schwarzblauen Nachthimmel flattern. Die eine macht sich auf den langen Weg ins ferne Transsilvanien, die andere fliegt bloß hinüber zu Franz Aculas Mühle.

So lautet die Botschaft an Franz:

An F.A.: Aktion in L.R. sofort abbrechen. Abreise nach Australien organisieren. Dort eine Zucht mit Fliegenden Hunden einrichten. Absolutes Stillschweigen! Botschaft vernichten! Keinen Kontakt aufnehmen. Weitere Weisungen abwarten.

So lautet die Botschaft an Dragomir:

Bin zurzeit arbeitsunfähig. Hatte schlimme Knoblauchvergiftung und fahre zur Kur nach Karlsbad. F. A.

Der Plan hat schneller Erfolg, als Lucy und Fanny zu hoffen wagten. Schon am nächsten Tag klingelt das Telefon, und Franz verabschiedet sich. „Eine dringende Reise nach Südamerika!“, behauptet er.

„Er kann das Schwindeln nicht lassen!“, seufzt Fanny, als sie den Hörer auflegt.

Lucy reibt sich vergnügt die Hände. „Und wir haben den Schwindler beschwindelt! Jetzt kann er in Australien Flughunde züchten, bis er schwarz wird!“

In den folgenden Tagen sind Lucy und Fanny damit beschäftigt, die geheimen Aufzeichnungen im Experimentierbuch des Desmodus zu enträtseln. Mit besonderem Interesse studieren sie das Rezept, das Viertelvampire zu Achtelvampiren machen soll.

„Knoblauchsaft!", stöhnt Fanny. „Ausgerechnet!"

„Aber wenn es hilft, Mama", sagt Lucy.

„Du hast Recht, mein Kind!", antwortet Fanny tapfer. „Manche Kinder müssen Lebertransaft oder Hustensaft nehmen und mögen ihn auch nicht. Wir werden es einfach ausprobieren."

„Zu Risiken und Nebenwirkungen fragen Sie Ihren Arzt oder Apotheker", scherzt Lucy.

Schon nach einer Woche ist der Erfolg zu spüren: Fanny ist nachts müde wie ein Mensch und hat keine Lust auszufliegen. Und Lucy? Die stellt sich am siebten Tag den Wecker pünktlich um Mitternacht und läuft ins Badezimmer.

Gebannt beobachtet sie ihr Spiegelbild. Die alte Uhr in der Diele schlägt zwölf Mal. Lucys Spiegelbild verwischt etwas, aber es verschwindet nicht ganz. Und auch ihre Eckzähne sehen nicht mehr spitz und vampirisch aus.

„Mamiii! Mamiii!“, ruft Lucy. Sie rennt ins Schlafzimmer und rüttelt wieder einmal ihre Mutter wach.

Verschlafen tappt Fanny hinter Lucy ins Badezimmer. Und dann wird auch sie ganz munter. Zum ersten Mal in ihrem Leben sieht sie nachts schwache Umrisse ihres Spiegelbilds.

„Meines ist deutlicher“, sagt Lucy stolz. „Bin ich jetzt ein Viertelvampir?“

Fanny lacht. „Vielleicht schon ein Achtelvampir!“

„Kann ich noch fliegen?“

„Das schon. Aber jetzt braucht jeder von uns seinen eigenen Besen, weil sich die Zauberkraft halbiert hat.“

„Das ist okay, Mama. Ich bin jetzt alt genug, um allein zu fliegen“, sagt Lucy. „Und ich hab viel gelernt.“

Sie betrachtet immer wieder ihre Eckzähne im Spiegel, die jetzt ganz normale, hübsche weiße Zähne sind.

„Das Tolle ist, dass wir jetzt nachts lachen können, ohne dass einer was merkt!", ruft Lucy begeistert und schlingt die Arme um ihre Mutter.

„Das macht das Leben einfacher für uns", sagt Fanny. „Wenn ich auch das verflixte Gefühl habe, dass noch nicht alle Rätsel gelöst sind."

Lucy lacht verschmitzt. „Wenn alle Rätsel gelöst sind, dann ist das Leben langweilig! Ich freu mich auf die Abenteuer, die uns noch bevorstehen!"

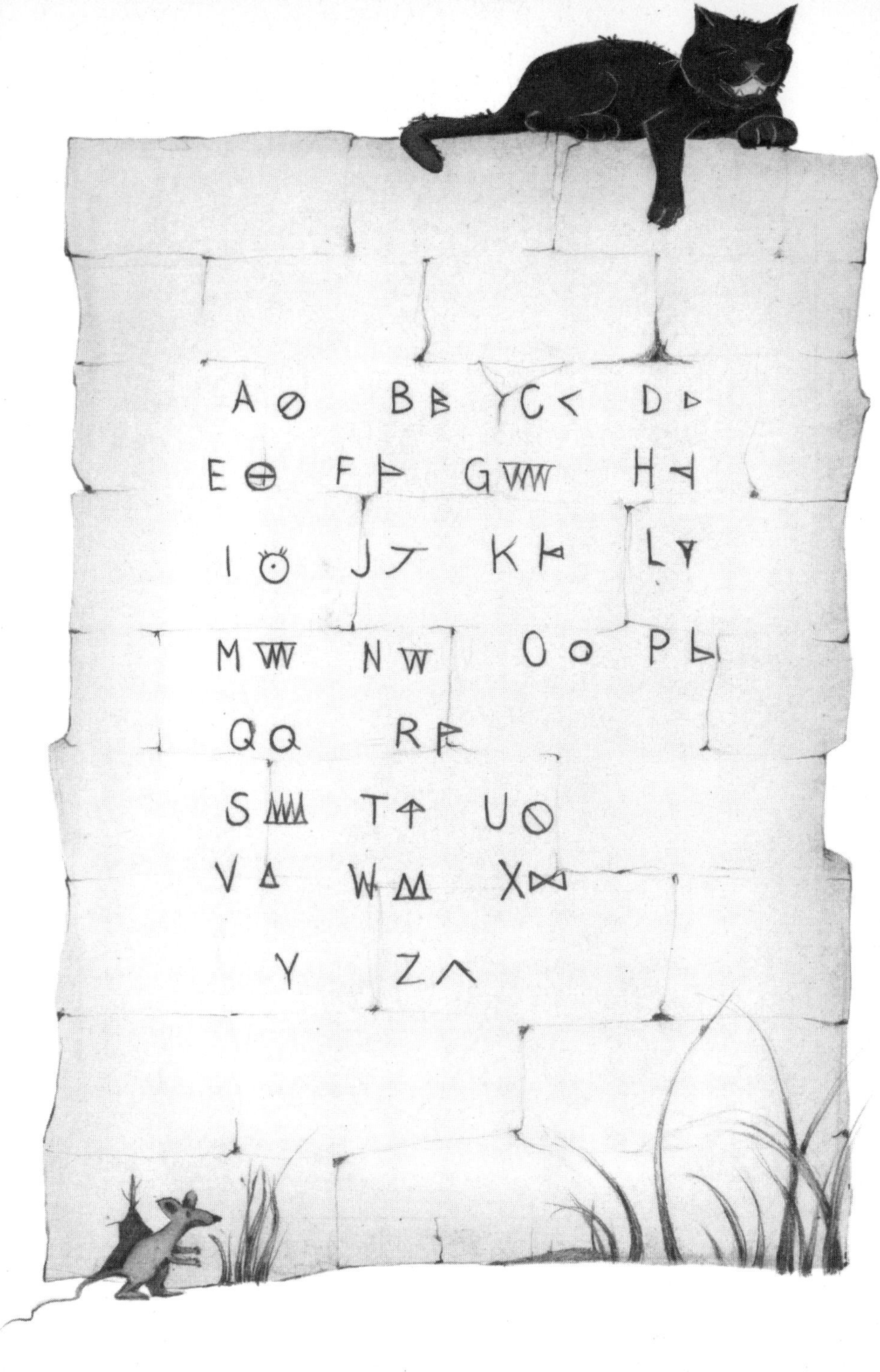
A B C D
E F G H
I J K L
M N O P
Q R
S T U
V W X
Y Z

Leseprobe aus
„Tikitonga“
von Ursel Scheffler

Die Tikitonga

ist ein altes Hausboot, das einmal Bosses abenteuerlustiger Tante Rita gehörte. Es ist mit Segeln, Hilfsmotor, Bordküche, Schlafnischen, Trinkwassertank, Vorratsschrank, Seekarten, Fernglas und einem Bücherregal ausgerüstet, in dem ziemlich kluge und nützliche Bücher stehen. Es ist ein Boot mit Seele.

Dem geheimnisvollen Boot können Sturm, Wind, Wellen, Sägefische und Rattenpiraten nicht wirklich schaden – solange echte Freundschaft die Mannschaft wie Pech und Schwefel zusammenhält …

Bosse Waschbär

hat als Schiffskoch die ganze Welt gesehen. Er ist pfiffig und erfindungsreich. In gefährlichen Situationen behält er einen klaren Kopf. Aber jetzt hat er von der rauen Seefahrt die Nase voll. Er geht in Portaloo an Land und will seine Pranken nie mehr auf Schiffsplanken setzen. Doch dann erhält er einen geheimnisvollen Brief ...

Quassel Hase

ist ein begabter Geschichtenerzähler, aber er redet so viel, dass man ganz schwindelig davon wird – und schwindeln tut er auch genug. Er ist geschickt im Leuteausfragen, kann tolle Seemannsknoten und streitet oft mit Fiete, auf den er eifersüchtig ist. Leider ist Quassel wasserscheu, hat Höhenangst und wird schnell seekrank, was unterwegs zu unerwarteten abenteuerlichen Verwicklungen führt ...

Fiete Frosch

ist der schnellste Briefträger von Portaloo.
Außerdem ist er Taucher und Dichter. Fiete hat sein Leben lang davon geträumt, in fremde Länder zu reisen. Da ergibt sich für ihn plötzlich die Möglichkeit, an Bord der Tikitonga seinen Traum zu verwirklichen!
Fietes große Liebe ist Finchen Specht vom Hotel Seepferd. Er verspricht ihr, von jedem Hafen der Welt eine Postkarte zu schreiben ...

Tiki, die Klabautermaus

ist für normale Leute unsichtbar, hat links, wo ihr Mäuseherz schlägt, ein Tattoo, das im Dunkeln leuchtet, besitzt einen Kalfathammer, trägt am Gürtel eine Rolle mit rotem Seemannsgarn und verbirgt in ihrem Herzen ein großes Geheimnis ...

Außerdem

gibt es noch tausend interessante Leute, denen die Mannschaft der Tikitonga auf ihrer Abenteuerreise begegnet: heulende Hunde, Hasibalen, eine hübsche siamesische Katzenprinzessin, einen versteinerten bengalischen Prinzen, eine Scheinkönigin, einen Säbelzahntiger, einen dankbaren Papagei, eine fiese Riesenkrake, einen hilfsbereiten Delfin, eine Regenbogen-Fee, einen Feuerdrachen, Rattenpiraten, Wächterwölfe, Delfine, Pinguine, einen machtgierigen Zauberer, eine Würgeschlange, einen Überraschungsgast und viele andere fantastische Persönlichkeiten ...

1. Kapitel

… in dem Fiete Frosch, der schnellste Briefträger von Portaloo, ziemlich lange braucht, um einen Eilbrief an den Schiffskoch Bosse Waschbär zuzustellen, und Quassel Hase daraufhin eine folgenschwere Entscheidung trifft.

Die Hafenstadt Portaloo an der Haifischbucht ist ein beliebter Treffpunkt von abenteuerlustigen Seeleuten aus aller Welt. In der Hafenkneipe *Zum Schwarzen Piraten* ist es tierisch gemütlich. Dort kann man nicht nur gut essen und trinken, sondern man erfährt auch die unglaublichsten Geschichten.

Seebären, Kielschweine, Windhunde, Piratenratten und Raubkatzen berichten von den Abenteuern, die sie in der weiten Welt erlebt haben. Der Wirt vom *Schwarzen Piraten* heißt Nick Nashorn, und wenn der anfängt zu erzählen, wie er unter Lebensgefahr in Afrika den Großwildjägern im Busch und den Piraten zur See entwischt ist, hören alle atemlos zu.

Nicks Kneipe ist auch bei den Einheimischen sehr beliebt, denn sie liegt an der Ecke, an der sich Fuchs und Hase Gute Nacht sagen und Hund und Katze ihren Streit begraben. So geht es dort immer friedlich zu.

Auch Postbote Fiete Frosch trinkt jeden Morgen im *Schwarzen Piraten* sein Ingwerbier, ehe er die Briefe austrägt. Er ist der schnellste Postbote von Portaloo. Deshalb darf er auch die Eilpost austragen. Heute macht ihm allerdings so eine „Eilsendung“ ziemliches Kopfzerbrechen ...

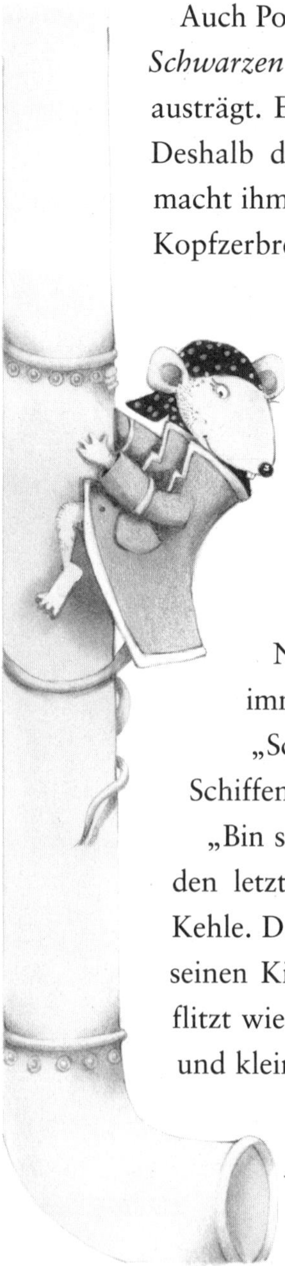

„Bosse Waschbär, Schiffskoch, Portaloo“, liest Briefträger Fiete halblaut und blickt in die Runde. „Keine Straße, keine Hausnummer, nichts. Kennt den einer?“

Aber die alten Seebären im *Schwarzen Piraten* schütteln nur den Kopf. Keiner hat jemals von Bosse gehört. Auch Nick Nashorn nicht. Und der weiß eigentlich immer über alles in Portaloo Bescheid.

„Schiffskoch? Frag doch mal im Hafen bei den Schiffen nach!“, rät Bankdirektor Max Beutelratz.

„Bin schon unterwegs!“, murmelt Fiete. Er kippt den letzten Schluck aus dem Glas in seine grüne Kehle. Dann schultert er seine Posttasche, steigt auf seinen Kickroller und macht sich auf den Weg. Er flitzt wie der Blitz zum Hafenbecken, in dem große und kleine Schiffe aus aller Welt friedlich nebeneinander in der Morgensonne vor sich hin dümpeln.

Hinter einem Regenrohr lugt eine kleine blaue Maus hervor. Sie ist unsichtbar, denn sie hat die gleiche Farbe wie das lichtblaue Rohr. Als Fiete mit seinem Kickroller auf die Schiffe im Hafen zusteuert, verlässt die kleine Maus ihren Beobachtungsposten und folgt ihm wie ein unsichtbarer Schatten. Sie weiß, von wem der Brief ist und für wen er bestimmt ist. Aber der Frosch soll es allein herausfinden. Das gehört zu ihrem Plan.

„Kennt einer den Schiffskoch Bosse Waschbär?“, ruft Postbote Fiete, als er an der Hafenmole entlangrollert, an der die Schiffe festgemacht haben.

„Unser neuer Schiffskoch heißt Max Schweineschwarte!“, brummt der Matrose vom Fährschiff *Zerberus*.

„Klingt ganz schön knusprig“, grinst Fiete. „Aber den suche ich nicht!“

Er rollert weiter.

Am Hafenkiosk steht Polizeichef Jimmy Schneck und knabbert an einem Krabbenbrötchen.

„Hast du schon mal von einem gewissen Bosse Waschbär gehört, Jimmy?“, erkundigt sich Fiete.

Jimmy Schneck guckt so langsam wie die Krabben in seinem Brötchen und sagt dann: „Nöööö, kenn ich nich!“

„Na, das kann ja nur ein gutes Zeichen sein, wenn er nicht polizeibekannt ist“, murmelt Fiete und flitzt weiter. Ob die Fischer diesen Bosse kennen?

Er fährt zum Fischereihafen, wo die kleinen Fischerboote in der Sonne schaukeln.

„Bosse Waschbär? Nie gehört!“, antwortet Fischer Katz von der *Seemaus*, der gerade das Schiffsdeck schrubbt. „In Portaloo wohnt der nicht! Frag mal Pit Flunder. Der kommt gerade von einer Weltreise zurück. Sein Schiff heißt *Killerhai.* Es liegt da hinten beim großen Kran."

Diesmal hat Fiete Glück.

„Bosse Waschbär? Den kenn ich. Ein verflixt guter Schiffskoch! Kann sogar chinesisch, transsilvanisch, kongolesisch, feuerländisch und nordpolaresisch kochen", berichtet Pit Flunder. Er kratzt sich nachdenklich mit der rechten Vorderflosse hinter den Ohrschuppen. „Verflixt, wo hab ich den zuletzt gesehen? Ha, ich glaub, der ist mir neulich in Shanghai begegnet. Ja, Shanghai. Da bin ich mir ganz sicher."

„Shanghai ist bekanntlich in China. Das ist ein bisschen weit mit dem Kickroller", seufzt Fiete. „Ich hab einen Eilbrief für ihn!"

„Lass mal sehn!" Pit greift nach dem Briefumschlag und studiert mit gerunzelter Stirn die Adresse.

„Hmm, wenn als Adresse Portaloo draufsteht, wird er wohl zur Zeit in Portaloo sein", brummt Pit. „Vielleicht ist er mit der *Reisprinzessin* aus China gekommen?"

„Du meinst das chinesische Schiff, das letzte Woche für eine Nacht im Hafen lag?"

Pit nickt. „Genau! Da ging einer mit Seesack von Bord."

Pits Tipp erweist sich als goldrichtig. Der Hafenmeister erinnert sich sofort, dass der Kapitän der *Reisprinzessin* nach einem neuen Schiffskoch gefragt hat, weil der alte in Portaloo an Land gegangen war und nicht länger mitfahren wollte.

„Ich glaube, er heißt Bosse und wohnt dort oben im Hotel *Seepferd!*"

Der Hafenmeister deutet mit dem Daumen über seine Schulter

nach Westen, wo das Hotel *Seepferd* wie eine kleine Festung auf einem Felsen hoch über der Stadt thront.

„Na, dann nichts wie hin“, schnauft Fiete. Er wischt sich die Schweißtropfen von der Stirn. Es ist inzwischen Mittag geworden und die Sonne brennt heiß herunter. Trotzdem flitzt er, so schnell er kann, den Berg zum Hotel *Seepferd* hinauf.

„Wohnt hier Bosse Waschbär, der Schiffskoch?“, erkundigt er sich bei Finchen Specht am Hotelempfang.

„Aber klar doch“, zwitschert Finchen Specht. „Der wohnt schon seit drei Tagen bei uns. Da hinten sitzt er in der Seebärenstube mit seinem Freund Quassel Hase. Sie essen gerade unsere berühmten karierten Spaghetti mit Basilikumsoße.“

„Ich danke dir!“, sagt Fiete zu Finchen.

„Schade, dass der Brief nicht für mich ist“, bedauert Finchen. „Ich krieg nämlich nie Post!“

„Das kann sich schnell ändern!“, verspricht Fiete. „Sobald ein Brief für dich dabei ist, bring ich ihn sofort!“

„Mir reicht schon eine Postkarte“, antwortet Finchen.

„Das lässt sich bestimmt machen“, überlegt Fiete und lächelt Finchen dabei an. Eine Postkarte wird er ihr von seiner nächsten Reise gern schreiben! Er findet sie sehr nett. Schon lange. Aber Dienst ist Dienst: Jetzt muss er erst mal zu Bosse Waschbär und Quassel Hase in die Seebärenstube.

„Na endlich!“, schnauft die blaue Maus erleichtert, die Fiete die ganze Zeit gefolgt ist. „Unglaublich, wie lange ein Eilbote herumtrödeln kann.“ Sie huscht geräuschlos hinter Fiete her.

Die beiden Freunde sind so ihr Gespräch vertieft, dass sie Fiete nicht gleich bemerken.

„Willst du damit wirklich sagen, dass du nach all deinen tollen Abenteuern von der Seefahrt genug hast?“, fragt Quassel Hase enttäuscht und wischt sich mit der Serviette die grüne Spaghettisoße von Nase und Barthaaren.

„So ist es, mein Freund! Keiner bringt meine Hinterpranken jemals wieder auf Schiffsplanken. Seebärenehrenwort!“

„Ehem“, räuspert sich Fiete verlegen. „Darf ich kurz stören? Ich suche einen gewissen Bosse Waschbär.“

„Der bin ich“, brummt Bosse verwundert.

„Ich hab eilige Post!“, sagt Fiete und schiebt den Umschlag über den Tisch. „Und ich will einen Sack Fliegen ohne Ketchup essen, wenn ich jemals so viel Mühe gehabt habe, einen einzelnen Brief loszuwerden!“

Quassel grinst frech. „Und so was sagt der schnellste Briefträger von Portaloo!“

Bosse nimmt den Brief und dreht ihn neugierig hin und her.

„Nun mach schon auf!“, drängelt Quassel. Er platzt fast vor Neugierde, denn er kriegt selten Post.

„Sieh da, von Tante Rita!“, brummt Bosse. „Rita Racoon. Von der hab ich schon ewig nichts mehr gehört! Als Kinder sagten wir immer: Tante Rita ist nie da! Sie war ihr Leben lang auf Abenteuerreisen unterwegs. Ich wusste gar nicht, dass sie noch lebt.“

Fiete bleibt neugierig bei den beiden Freunden stehen. Es interessiert ihn brennend, was in diesem geheimnisvollen Brief mit den vielen ausländischen Briefmarken steht. Und natürlich auch, wer diese mysteriöse Rita „Rakuhn“ ist. (Fiete kann kein Englisch und weiß daher nicht, dass Racoon „Waschbär“ bedeutet.) Gespannt sieht er zu, wie Bosse umständlich den Briefbogen aus dem Umschlag zieht.

„Nun lies schon vor!“, drängelt Quassel wieder.

Die kleine blaue Maus hat es sich inzwischen auf der Gardinenstange bequem gemacht. Sie kennt den Inhalt des Briefes, den Bosse jetzt vorliest, schon längst. Jetzt ist sie unheimlich gespannt, wie er darauf reagieren wird.

Lieber Neffe Bosse,

wenn du diesen Brief erhältst, ist deine alte Tante tot!
Gerade habe ich mein Testament gemacht. Mein Haus in Mücken an der Bremse vermache ich gestrandeten Seeleuten. Aber dir, lieber Bosse, vererbe ich mein geliebtes Abenteuer-Schiff. Ich hoffe, dass du dich so darum kümmerst, dass ich mir keine Sorgen machen muss!
Es ist ein ganz besonderes Schiff.
Da du als Einziger meiner vierzehn Neffen Seemann geworden bist, sollst du es haben. Es heißt Tikitonga und liegt in Mücken am Libellenkanal vor Anker.
Hol den Schlüssel bei Ole Hamster, meinem Hausmeister.
Adresse: Libellenstraße 4.
Wenn du meinen letzten Wunsch erfüllst, soll es dir gut ergehen. Wenn nicht, soll dich der Teufel holen!

Tante Rita

„Verrückte Idee! Aber typisch Tante Rita!“, murmelt Bosse. „Was mach ich jetzt?“

„Hat ein Abenteuer-Schiff geerbt und fragt, was er machen soll!“, japst Fiete und verdreht die Augen. „In die Luft springen vor Freude! Was sonst?“

Bosse lacht. „Ich bin doch kein Frosch! Und überhaupt, was soll ich mit einem Schiff?“

„Vielleicht ist es ja ein Superschiff! Ein Dreimaster, ein Viermaster, ein Fünfmaster, ein Rennboot vielleicht! Eine Luxus-Yacht!

Wir könnten gemeinsam eine Weltreise machen und tausend Abenteuer erleben", quasselt Quassel wie ein Wasserfall.

„Halt, halt! Ich wollte doch …", bremst Bosse seinen Freund.

„Ich weiß, ich weiß! Keine Hinterpranken mehr auf Schiffsplanken! Seebärenehrenwort hin oder her: Du bist noch nicht alt genug, um auf der faulen Haut zu liegen, lieber Bosse. Ich laufe gleich zum Hafen und frag den Hafenmeister, wann das nächste Schiff nach Mücken an der Bremse geht. Und dann gucken wir uns den Pott mal an!"

„Langsam, langsam!", bremst Bosse seinen Freund. „Ein geerbtes Schiff? Wieder zur See fahren? Na ja, ich weiß nicht recht …" Bosse ist von der Idee wenig begeistert.

„Ansehen kostet nix", sagt Quassel. „Komm, sei kein Spielverderber, Bosse!" Er hakt Bosse Waschbär unter und schiebt ihn zur Tür.

„Ihr könnt hinten auf meinem Kickroller mitfahren. Ich wollte sowieso wieder zum Hafen hinunter", ruft Fiete.

„Ist denn dein Flitzer auch hasensicher?", erkundigt sich Quassel vorsichtig.

„Na klar! Wenn du die Ohren anlegst!", sagt Fiete und grinst frech.

Ravensburger Bücher Absolut abenteuerlich!

Eine unglaubliche Reise um die Welt

Ursel Scheffler

Tikitonga

Als Bosse Waschbär das alte Hausboot „Tikitonga" erbt, sind seine Freunde sofort Feuer und Flamme. Sie wollen auf Abenteuerfahrt gehen! Mit Sack und Pack stechen sie in See. Mit an Bord: Klabautermaus Tiki.

Die vier Freunde ahnen nicht, welche Gefahren ihnen bevorstehen – Sägefische, Rattenpiraten oder Riesenkraken sind das kleinste Problem. Am meisten in Acht nehmen sollten sie sich vor dem hinterlistigen Zauberer Katzimir. Denn der hat nur ein Ziel: die Weltherrschaft des Bösen ...

ISBN 978-3-473-**34797**-1

HC_10_052

www.ravensburger.de

Ravensburger

Ursel Scheffler (in Vampirkreisen Grusula genannt), ist die Entdeckerin des transsilvanischen Geheimalphabetes. Sie liebt nächtliche Spaziergänge im Hamburger Nebel, trinkt gern Tomatensaft und tritt ungern auf Knoblauchzehen. Sie gruselt sich gern, deshalb versucht sie Vampire, Geister und Gespenster in Büchern einzufangen. Ein ganz besonders schreckliches Exemplar ist Ätze das Tintenmonster.

Sie hat drei Kinder, drei Enkelkinder und eine große Schar von unerschrockenen Lesern. Für die schreibt sie seit dem letzten Jahrtausend Krimis, Abenteuer- und Fantasiegeschichten. Damit man sie auch in Transsilvanien und anderswo lesen kann, wurden ihre Bücher in mehr als dreißig Sprachen übersetzt.